KB141814

달이 차오르는 시간

이금주 청소년소설

달이
차오르는
시간

도서출판 답게

작품을 집필하는 동안 사랑하는 동생을 떠나보냈다.

너무나 갑작스러워서 준비할 겨를이 없었다.

칠 남매 중 유일한 남동생이었지만, 귀하게 자라지 않았다. 누나, 동생을 챙기느라 자신은 늘 뒷전이었고, 그러면서도 불평 한마디 없었다. 궂은일에 방패 역할을 할 때도 귀찮은 내색 한 번 하지 않았다.

청소년 시절부터 절친이었던 이들의 입을 통해 동생 이야기를 들었다. 내가 알고 있는 모습과는 전혀 다른 열정과 에너지에 대해. 그리고 친구들에게 미친 영향력과 고집스러움에 대해.

온화한 표정 뒤에 감추었던 동생의 모습이 낯설었고, 약간 충격적이었다.

조금만 더 속마음을 꺼내주었더라면. 가끔씩이라도 아프다고 힘들다고 표현했더라면. 아니, 내가 더 예민하게 살폈더라면……. 후회와 안타까운 마음으로 무거운 시간을 흘려보냈다.

청소년들과 만나 문학작품과 시대에 대해 토론하고 삶을 이야기 했다. 글을 쓰고 나누는 과정에서 누군가는 울고, 누군가는 입을 다물었다. 동생을 잃고 나서야 겉으로 드러나는 아이들의 모습과 글 사이에 간격이 있다는 걸 깨달았다. 내가 어른이 된 시대에는 어린이와 청소년들이 훨씬 좋은 환경에서 자랄 수 있을 거라 믿었는데, 그렇지 않았다. 양육과 교육에 대한 정보가 넘쳐나지만, 이상은 이상일 뿐이었다. 아이들은 성장보다 성공을 위해 경쟁해야 하고, 마음을 나눌 대상도 여유도 없다.

영원한 이별을 경험하고 청소년들과 함께 시간을 보내는 과정에서 작품의 주제와 결이 많이 달라졌다.

등단을 준비할 때보다, 첫 책을 낼 때보다 작품을 완성하기가 더 힘들었다. 작가로서 나를 의심하고 좌절하던 시간의 연속이었다.

기약 없는 막막한 길을 꾸역꾸역 달려오다 '답게 출판사'를 만났다. 〈달이 차오르는 시간〉에 대한 장소임 대표님의 말씀 한마디 한마디가 작가로서의 자존감을 회복시켜 주었다. 이제 겨우 작가라는 타이틀을 단 것 같다.

정읍 고택 문화체험관 고혜선 관장님께서 귀한 공간을 내어 주신 덕분에 작품을 더 완성도 있게 다듬을 수 있었다. 아늑한 한옥과 따뜻한 식사를 제공해 주셨던 손길에 감사한 마음을 전

할 수 있어 기쁘다. 긍정언어로 기운을 불어넣어 준 남편과 청소년기의 생생한 현장을 전해 준 아들, 한결같은 마음으로 묵묵히 기도해준 가족, 그리고 세심하게 평가해준 글벗들 덕분에 책으로 나올 수 있었다.

　이 작품이 찰나의 순간, 또는 어느 한 구절이라도 독자의 마음에 닿는다면 청소년소설로서 제 소명을 다 한 것이라 생각한다.

2022년 늦가을에

이금주

| 차례 |

01
최선의 선물

오빠의 삶이 멈추고 사흘 후, 나와 아빠는 기묘한 제안을 들으며 한 시간 째 앉아 있다. 혁신적 신경 공학, 뇌 영상 기술, 바이오 메디컬 이미징 등의 단어는 수학 공식보다 더 귀에 들어오지 않았다. 지금 오빠는 뇌사에 빠졌고, 우리 가족은 또다시 절망한 가운데 있다. 오빠를 구하지도 못하면서 최첨단 과학 어쩌고 하는 기술이 무슨 소용이람. 과학이 발전하지 않았으면 좋겠어. 인간이 뭔가를 할수록 세상은 복잡하고 시끄럽고 어지러울 뿐이야. 나는 그런 생각을 하며 시간을 확인했다.

고개를 들었을 때 코디네이터의 눈과 마주쳤다. 나는 그의 시선을 피하며 아빠를 보았다. 아빠는 말없이 창 쪽만 바라보고 있었다. 아빠가 보고 있는 것이 창틀에 놓인 꼿꼿하게 핀 난인지, 창에 부딪히는 빗방울인지 알 수 없었다. 어쩌면 아무것도 보고 있지 않은지도 몰랐다. 시선이 마음과 일치하지 않으면 보고 있어도 보는 게 아니니까.

창밖으로 보이는 사람들은 비를 피할 곳을 찾아 어딘가로 바

쁘게 걸음을 옮겼다. 붐비던 거리는 순식간에 한산해졌다. 다들
어디로 피한 걸까? 비를 피하듯 이 일도 피해갈 수 있다면…….

"기억공유 시스템을 진행하시겠습니까?"

코디네이터가 나와 아빠를 번갈아 보다 아빠에게 물었다.

아빠가 문득 나를 보았다. 나란 존재를 잊고 있다 생각난 듯한
표정이었다. 아빠는 턱뼈가 부풀 정도로 이를 꽉 문 채 눈썹을
꿈틀거렸다. 눈빛으로 묻고 있는 것이다. 해민이 네 생각은 어떠
냐.

진심이라고 말하는 순간 다른 의도가 끼어들듯, 오래 생각하
고 내린 결론에는 불순물이 끼기 마련이다. 그러니까 지금 이 문
제도 아빠의 촉 대로 결정하면 되는 거다. 어차피 그렇게 할 거
면서 왜 내 생각을 묻는지! 나는 울리지도 않는 핸드폰을 만지작
거렸다.

기억은 물 같다.

손가락 사이로 흘러버리는 물처럼, 기억은 시간 사이로 빠져
나간다. 엄마 잃은 상실감도 그렇게 무뎌졌다. 문득문득 감정이
격해지곤 했지만, 그마저도 희미해지는 중이다. 그런데 코디네
이터는 기억과 감정을 다른 사람과 공유할 수 있다고 말하고 있
다. 담을 수 없는 기억을 와이파이처럼 나눌 수 있는 기계를 개
발 중이고, 오빠의 뇌를 임상 시험으로 쓰고 싶다고 한다.

"기억은 사람에 따라 조작되거나 변형되는 거 아닙니까? 사실

과 다른 기억을 공유한다고 아들을 이해할 수 있을지, 아니 사고의 의혹을 밝힐 수 있을지 의심스럽군요."

아빠가 잠긴 목소리로 말했다. 아빠의 말속에는 뻔한 상술에 넘어가지 않겠다는 의지가 실려 있었다. 이를 예상한 듯 코디네이터는 차분히 대응했다.

"카메라 렌즈에 담긴 사진보다 화가의 마음으로 표현된 그림이 더 진실에 가까울 수 있지요."

"됐습니다. 기억공유가 무슨 의미가 있습니까? 하나밖에 없는 자……."

아빠가 아차 하는 표정으로 끝말을 흐렸다. 하지만 말 뒤에 숨긴 진심이 다 들렸다. 언젠가 오빠 방에서 새어 나왔던 아빠의 목소리도 떠올랐다.

'해민이는 진작에 포기했고, 아빤 해준이 너 하나 믿고 산다.'

나는 뾰족해진 감정을 누르려 입술을 깨물었다. 진심이었을 그 말 한마디는 아슬아슬하게 버티고 있던 아빠와 오빠에 대한 애정과 기대를 단번에 무너뜨렸다. 아직 포기하지 않았던 내 미래의 가능성까지.

"아무튼 우리 해준이가 언제 깨어날지, 중요한 건 그거뿐입니다."

아빠가 희끗한 머리칼을 양손으로 쓸어 올리며 말했다. 여전히 내가 어떤 기분일지, 어떤 표정으로 아빠를 보고 있는지 신경 쓰지 않았다. 기를 쓰고 밀어 올려도 또다시 언덕 아래로 굴러떨어지는 바위를 바라볼 때의 절망감이란.

이제부터 나 하고 싶은 거 해도 돼? 대입 시험 결과를 알린 후 오빠가 물었다. 오빠의 목소리는 평소보다 한 옥타브 높았고 볼은 상기돼있었다. 갖고 싶은 장난감을 손에 쥔 아이 같았다. 그럴 테지. 12년이라는 어마어마한 시간 동안 입시 감옥에 갇혀 숨죽이고 살았으니. 그런 생각이 들었지만, 오빠가 낯설게 느껴졌다. 뭔가를 요구하거나 의견을 말하는 걸 본 적이 거의 없었으니까. 수고 많았다, 아들! 이제 너 하고 싶은 거 맘껏 해. 아빠는 오빠에게 세상으로 향하는 문을 활짝 열어 주었다. 며칠 만에 돌아온 나 같은 건 안중에도 없었다.

오빠는 아빠 말이 떨어지자마자 자전거를 끌고 세상 어딘가로 달려갔다. 아빠는 오빠가 나간 후에도 한참 동안 현관문을 바라보고 서 있었다. 신발장 거울을 통해 아빠 얼굴이 보였다. 내게는 한 번도 보여주지 않은, 대견하고 뿌듯하고 자랑스러움으로 가슴 벅찬 표정.

나도 모르게 어깨가 축 처졌다. 새장 같은 집안에서 내가 할 수 있는 건 게임밖에 없다. 내겐 왜 아무것도 내어주지 않는지! 행운마저 왜 오빠 편만 드는지! 모든 것을 다 가져간 오빠를 향해 레이저를 난사했다. 적이 쓰러질 때마다 내 존재가 점점 쪼그라들었다.

오빠는 집을 나선 지 세 시간 반 후에 병원에 갔혔다. 횡단보도를 건너다 승용차에 치였다고 했다. 트럭 꽁무니를 따라가던 운전자는 보행신호를 못 보고 우회전을 하다 사고를 낸 것이다. 응급실에서는 타박상이나 골절 정도라 판단하고 응급처치를 했는데, 치료 중 의식을 잃었다. 담당 의사는 뇌파가 너무 약한 것으로 보아 뇌사가 진행될 가능성이 있다고 했다. 의사의 말은 현실이 되었다. 오빠에게 뇌사가 온 걸 안 운전자는 말을 바꿨다. 일부러 승용차에 뛰어들었고, 자살할 의도가 있었던 것 같다고 진술했다. 병원에서는 기억공유시스템이라는 임상 시험을 제안했다. 병원비와 치료비를 모두 병원 측이 부담한다는 조건이었다. 뇌의 목소리인 뇌파를 통해 기억을 확인하기 때문에 사고의 진실을 확인할 수 있을 뿐 아니라, 뇌 과학 발전에 큰 도움이 될 거라고 했다. 하지만 선택은 전적으로 환자의 가족에게 있고, 환자의 사생활 보호를 위해 직계 가족만 접속할 수 있다고 했다.

침묵이 흐르는 사무실 공기가 목을 조르는 것 같았다. 대체 언제까지 고민만 하고 있을 건지……. 나는 아빠 대신 꼭 닫힌 창문을 노려보다 점퍼를 벗었다.

계획대로라면 지금쯤 지리산에 있어야 했다. 6주 동안 아르바이트해서 번 돈으로 여행자금을 모으고 일정도 완벽하게 짜 두었다. 그런데 황금 같은 기회를 병원에서 날려버리고 있다니.

"그냥 거절해. 밑져야 본전인데."

아빠가 나를 돌아보았다. 눈빛으로 가만히 찌그러져 있으라고 말하고 있었다. 나도 알고 있다. 밑져야 본전은 아니라는 걸. 기억공유를 하지 않는다면 운전자에게 유리한 판결을 내릴 가능성이 컸다. 반대로 기억공유를 하면 결과에 따라, 그러니까 오빠가 정말 자살할 의도가 있었다면 아빠와 내가 받을 충격은……. 아, 상상하고 싶지도 않았다. 아빠가 쉽게 결정을 내리지 못하는 이유 중 하나가 그 때문일지도 모른다.

주머니에서 진동이 울렸다. 고모였다. 탈출할 수 있는 핑계가 생겼다. 고모는 오빠 상태부터 물었다.

"똑같지, 뭐."

기억공유에 대해 의견을 물으려는데, 고모가 틈을 주지 않았다.

"해준이가 표현은 안 했어도 널 끔찍이 아꼈나 보더라. 비올라 얘기 듣고 한참 울었어. 오빠 노릇 하려던 모양인데, 세상에 이게 무슨 날벼락이라니……."

사고 당시 오빠 등에 비올라가 실려 있었다. 오빠의 뇌와 달리 비올라는 멀쩡했다. 목격자들의 증언에 따르면 사고가 나던 순간에 오빠가 비올라를 끌어안았다고 했다. 허공으로 튀어 올라 도로 바닥에 내동댕이쳐질 위기의 순간에 자신의 몸보다 비올라를 먼저 생각하다니. 의사는 악기를 구하지 않았다면 머리를 다칠 확률이 더 낮았을 거라고는 말하지 않았다. 하지만, 말투에 그런 의중이 깔려있었다.

"그게 나랑 무슨 상관인데? 오빠가 구한 건 내가 아니라 비올라야!"

"오빠 마음 알면서 또 못되게 말한다. 이럴 때일수록 말조심 행동 조심해야 해. 고모 마음이 이렇게 타들어 가는데, 아빠는 오죽하겠냐. 해민이 너라도 힘이 돼야지."

고모답지 않게 잔소리를 늘어놓았다. 말투에 가시가 느껴졌다. 친척들이 오빠의 사고를 언급할 때마다 묘하게 불쾌한 기분이 들었는데, 그 이유를 알 것 같았다. 고모까지 비올라에 관해 물은 후 은근한 말투로 나를 책망 할 때에야 뭔가 잘못됐다는 생각이 들었다. 오빠의 사고가 나를 위하려다 일어났다니, 그게 내 탓이라니……. 말 많은 친척들이 소설을 쓴 게 분명했다. 이건 열등한 사람에게만 작동하는 본능적인 직감이다. 끝까지 내게 덫을 놓는 오빠가 원망스러웠다. 그것도 모르고 오빠에 대한 미안함과 슬픔으로 고통스러워한 내가 한심했다.

오빠와 비올라. 나는 둘을 조합하여 이런저런 추측을 해보았다. 무미건조한 성격의, 공부만 할 줄 아는 오빠와 악기는 어울리지 않는다. 게다가 바이올린이 아니라 비올라라니. 오빠는 초등학교 때 전교생이 의무적으로 배웠던 바이올린을 연주한 경험은 있다. 오케스트라 활동도 하긴 했지만, 학원 스케줄에 치여

하는 둥 마는 둥하다 그만두었다. 그런 오빠가 왜 비올라를 갖고 있었는지, 무슨 생각으로 비올라를 향해 몸을 날렸는지 미스터리다.

문득 오빠가 내 비올라를 살피던 기억이 떠올랐다. 낡은 악기를 물끄러미 바라보던 눈빛. 혹시 모아 둔 돈으로 새 비올라를 산 것은 아니었을까. 친척들 말대로 내가 말썽과 방황을 끝내길 바라는 마음으로. 상상만으로 경직된 마음이 스르륵 풀어졌다. 하지만 곧 그런 생각에 콧방귀를 뀌었다. 무심하고 이기적인 오빠가 나를 위해? 공상만화보다 더 공상 같은 이야기다.

그대로 병원을 나설까 하다 마음을 바꾸었다. 죄책감을 강요당하며 살고 싶진 않았다. 오빠의 뇌를 해킹해 친척들의 소설을 비웃음거리로 만들 것이다. 그러려면 오빠가 비올라로 무엇을 하려 했는지 밝혀야 했다. 언제부턴가 나는, 억지를 부리거나 떼를 쓰다 안 되면 될 대로 되라는 식으로 맘대로 해버리는 게 습관이 되어 버렸다. 하지만 지금은 그런 방법이 통할 상황이 아니다.

상담실 벽에 부착된 화면에서는 기억공유 시스템을 홍보하는 영상이 반복해서 돌아가고 있었다. 헬멧 같은 장치가 환자와 엄마로 보이는 사람의 머리에 씌워지고 알록달록한 선이 두 사람의 뇌를 연결하고 있었다. 그 선을 통해 환자의 해마 속 기억이 엄마에게 전달되는 방식이었다.

'이해는 소중한 사람에게 줄 수 있는 최선의 선물입니다.'

시스템 개발자인 뇌 과학자는 뇌사에 빠진 아내를 떠나보낸 후 속죄하는 마음으로 이 기계를 설계했다고 했다. 아내의 기억을 통해 진실을 알게 되었고, 그제야 비로소 아내의 모든 것을 이해할 수 있게 되었다고. 속죄. 그 단어에 담긴 스토리는 뻔했다. 아내의 고통과 고민을 모른 채 일에 빠져 있다 뒤늦게 후회했겠지. 엄마를 잃은 후 아빠가 그랬던 것처럼. 개발 이유가 뭐든, 의식불명에 빠진 절박한 상황에 선물이라는 낭만적인 단어를 붙이다니, 황당했다.

나는 영상을 보다 다시 창밖으로 눈길을 돌렸다. 어느새 비가 그치고, 젖은 도로 위로 햇살이 내려앉고 있었다. 그리고 보니 사람들의 옷차림이 며칠 사이 가벼워졌다. 오빠의 시간이 멈춘 순간에도 계절은 순리대로 바뀌고 있었다.

"혹시 알아? 기억공유가 뇌를 살릴 수 있을지."

내가 무심한 듯 툭 내뱉었다. 코디네이터를 바라보는 아빠 표정으로 보아 내 의도가 먹힌 모양이다. 당연히 아빠는 비올라를 구한 이유나 사건의 진실보다 뇌가 깨어날지에 대한 여부가 더 중요하겠지.

"그럴 가능성도 있습니까? 혹시 부작용은요?"

아빠가 코디네이터 쪽으로 상체를 기울였다. 눈빛에서 지푸라기라도 잡고픈 간절함이 느껴졌다.

"현재 임상 시험 2상이 끝난 상태지만, 기억공유가 뇌를 살린다는 보고는 아직 없습니다. 환자의 일부 기억이 공유자의 기억으로 인식되는 것뿐이니까요. 그리고 부작용은 아니지만, 기억을 공유한 사람에게 일시적인 혼란이 올 수는 있습니다. 환자의 감정에 완전히 이입되는 과정에서 오는 자연스러운 현상이지요. 그 외에 문제 될 만한 건 전혀 없다고 봅니다."

"일부 기억이라고요?"

당황스러웠다. 사고의 이유와 비올라의 비밀을 캐지 못한다면 기억공유의 의미는 달라진다.

"기억 전체를 공유하는 건 불가능한 일이죠. 환자에게 큰 영향을 준 사건이나 최근의 관심사, 혹은 내면 깊숙이 감춰둔 감정이 주로 공유될 겁니다."

"접속 횟수는요?"

"정밀검사 결과에 따라 정해질 겁니다. 통상적으로 15회에서 20회 정도 보고 있는데, 그 사이 환자의 해마가 손상되면 기억공유는 아예 불가능합니다."

오빠는 내가 원하는 기억을 공유해줄까. 머리를 굴리고 있는 사이 아빠가 신청서에 사인했다. 뇌를 살릴지 모르는 희박한 가능성에 희망을 건 것인지, 기회조차 주어지지 않을까 불안한 것인지는 알 수 없었다.

며칠 후 임상 시험 센터에서 연락이 왔다. 정밀검사 결과 가장 적합한 시간은 270분이라며 접속 가능한 날짜와 시간이 기록된

표를 보내왔다. 아빠와 나는 일주일에 1회 15분씩 오빠의 기억을 공유하게 된다.

열흘 후 병원을 방문했다. 아빠가 첫 번째 기억을 공유하고 사흘이 지난 뒤였다. 늘 그렇듯, 그 사이 아빠와 얼굴 부딪힐 일은 거의 없었다. 기억공유에 대해 궁금한 게 많았지만, 일부러 방문을 두드리거나 전화를 해서 말을 섞고 싶지 않았다.

차가운 기계가 두피에 닿는 느낌은 그리 유쾌하지 않았다. 긴장감 때문인지 한기가 느껴졌다. 우웅하는 신호와 함께 기계가 작동했고, 약간의 어지러움이 느껴졌다. 꽉 쥔 손바닥 안이 축축했다. 긴장하지 말라는 간호사의 말이 들렸다. 눈을 감고 심호흡을 했다.

곧 오빠의 기억 속으로 미끄러져 들어갔다. 정신을 차릴 겨를도 없이 수많은 감정과 상황들이 달려들었다. 어떤 기억은 희미하게 나타났다 실체를 확인하기도 전에 흩어지거나 뒤죽박죽 섞여버렸다. 그 바람에 대부분의 기억을 놓쳤다. 시간이 지나면서 내 의지, 아니 오빠의 의지가 작동하였기 때문일까. 마치 오빠에게 빙의라도 된 듯 감정이 생생하게 느껴졌다. 가장 선명한 기억은 최근 사고의 순간이 아니었다. 중학교 졸업을 앞둔 오빠가 아빠와 단둘이 프리센 섬을 여행하던 어느 날이었다.

- 첫 번째 접속 -
낙엽 위에 떨어진 작은 불씨

프리센 섬에 도착했을 때 레이저 쇼가 절정을 향해가고 있었다.

1월이 여행하기 가장 좋은 날씨라는 홍보가 관광객을 불러들이는지 해안로를 따라 ㄱ형으로 만들어진 거리에는 다양한 인종들로 가득 차 있었다. 지구의 마지막 낙원으로 불리는 프리센 섬은 소수 원주민이 전통을 지키며 살아가는 조용한 곳이었다. 하지만 각국의 대기업이 관광산업을 위해 진출하고 여러 차례 방송을 타면서 사람들이 몰리기 시작했다.

바다를 배경으로 한 하이라이트 공연. 푸른 레이저 빛이 기계음악에 맞추어 춤을 추었다. 하늘에는 어둠이 깔리고 있었다. 오색 빛으로 물드는 바다 풍경과 어우러진 공연은 환상적이었다. 까치발을 든 채 고개를 빼고 바라보는데 아빠가 어깨를 톡톡 쳤다. 다른 곳으로 가자는 거였다. 우리는 사람들 틈을 비집고 들어가 바닷가 앞에 자리를 잡았다.

각국의 대기업에서 세운 고층빌딩에서도 빛을 쏘아댔다. 빛은, 위용을 뽐내기보다 기업의 개성과 이상을 설명하는 것 같았다. 여기까지 와서 고층빌딩을 감상하다니. 자연과 인간의 조화를 추구한다던 홍보 영상과 달라 조금은 실망스러웠다.

"여기도 칼퇴근 문화가 아닌 모양이네."

아빠가 층마다 불을 밝히고 있는 빌딩을 가리키며 말했다.

"건물만 퇴근 못 한 거겠지."

"빈 사무실에 불만 켜놓은 거라고? 아닐 거다. 원주민으로 보이는 사람들도 엄청나게 빨리 걷더라. 표정엔 여유도 없고."

아빠는 안쓰러운 눈으로 건물을 바라보았다. 빌딩과 아빠의 모습이 겹쳐졌다. 매일 야근에 공휴일까지 반납해야 하는 직업. 하위직 공무원 앞에 안정적이라는 말을 붙이는 건 모순이라는 생각이 들었다.

아빠가 고모에게 전화를 걸어 해민이가 잘 있는지 물었다. 도착하고 다섯 번째 같은 내용의 통화였다. 아빠는 고모 댁에 맡겨둔, 멀미가 심해 항공 여행을 할 수 없는 해민이가 걸리는 모양이었다. 그리고……, 엄마를 생각하겠지.

죽음이 우리 가족 사이에 끼어든 건 앞니가 흔들리기 시작할 무렵이었다. 엄마 심장만 건강해질 수 있다면 이가 나지 않아도 상관없다고 기도했다. 하지만 새 이는 돋았고 엄마는 떠났다.

한동안 고모가 엄마의 빈자리를 채워주었다. 언제부턴가 해민이는 아빠보다 고모를 더 따랐다. 엄마 없이 잘 놀고, 큰 소리로 웃고, 여전히 말썽을 부렸다. 점점 엄마를 잊는 것 같았다. 하지만 나는 무엇을 어떻게 해야 할지 몰라 얼빠진 채 지냈다. 세상 모든 것이 의심스럽고, 의미 없게 느껴졌다. 왜 살아야 하는지, 살만한 가치가 있는지 알 수 없어 방황하다 보면 삶이 판타지보다 더 가짜 같았다. 인터넷에 의하면 그런 감정을 상실감이라고 했다. 무수한 감정을 한마디로 표현하다니! 언어조차 허상처럼 느껴졌다. 어찌 되었든 그때의 감정이 상실감이 맞는다면 상실감에서 나를 구해준 건 시간이었다. 정확히 말하면, 시간에 묻힌 기억이었다.

퇴근 못 한 건물의 불빛을 받으며 빨간 돛대를 단 해적선이 다가오고 있었다. 검은 바다를 붉게 물들이며 위풍도 당당하게. 그 위로 레이저 빛이 날아다녔다. 분위기에 어울리는 음악까지 깔아주었다면 금상첨화일 텐데.

해적선은 나타나는 것만으로 제 역할을 다했는지 조용히 물살을 가르다 바다 한가운데서 멍 때리고 서 있었다. 비장하게 등장한 것에 비하면 맥이 빠졌다. 바다를 배경으로 펼쳐지는 드라마틱한 쇼나 해적이 튀어나와 관중들과 섞이는 공연을 기대하고 있었는데.

해적선에서 눈을 떼고 주위를 둘러보았다.

지구 구석구석의 다양한 인종이 다 모인 것 같았다. 탱크탑을 입고 활보하는 백발 할머니, 레게머리에 연두색 캡을 쓴 어린아이, 가슴 위까지 끌어올린 통 큰 바지로 길거리를 쓸고 다니는 중국인, 화려한 꽃무늬 드레스에 히잡을 쓴 여인. 다른 인종이 한 자리에 모여 다양한 건물에서 뿜어져 나오는 기계 쇼를 보고 있었다. 피부색이 다른 사람들이 손짓 하나로 서로 사진을 찍어주고, 그러다 함께 카메라 앞에 섰다. 마음을 나누기 위해서는 언어도, 오랜 시간도 필요하지 않아 보였다.

공연이 끝난 후 사람들은 구경거리를 찾아 어슬렁거렸다. 나는 흩어지는 사람들을 이리저리 헤치며 아빠와 함께 해안 산책로를 걸었다.

"아, 좋다! 이렇게 주위를 둘러보며 여유 있게 걸어본 게 얼마만인지 모르겠다."

바람이 아빠 머리카락을 한 올 한 올 어루만지며 지나갔다. 볼에 닿는 선선한 밤바람이 따스하고 부드러웠다.

드론 쇼가 시작되었다. 드론은 검은 하늘 위를 날며 마술에 가까운 묘기를 부렸다. 아빠와 나는 드론 쇼가 펼쳐지는 바다를 배경으로 포즈를 취했다.

아빠는 쉬자며 카페 쪽으로 향했다. 바다를 좀 더 보고 싶었지만 아무 말 없이 아빠 뒤를 따랐다. 그 순간 뭔가가 내 발을, 정확히 말하면 발이 아니라 귀를 걸었다. 어떤 소리가 발을 멈추게했고, 발은 의지보다 먼저 소리 나는 쪽으로 향했다. 귀와 발과 심장이 하나의 소리를 향해 저절로 움직이고 있었다. 피노키오가 의식 없이 오락의 섬으로 끌려가듯.

섬세하고도 경쾌한 소리, 열정 속에 장난스러움이 녹아있는 소리. 소리의 정체는 바이올린이었다.

"저 곡은……, 프리센 섬의 민속춤곡!"

고대 뱃사람들의 민속춤곡에서 유래되었다는 '신이 잠든 사이에'였다. 독립영화에 삽입된 곡인데, 영화보다 음악에 꽂혀 한동안 반복해서 들었던 기억이 떠올랐다. 연주는 숨죽이고 있던 음악 세포를 톡톡 두드리며 나를 끌어당겼다. 바닥에 깔리기 시작한 옅은 안개가 내가 일으키는 바람을 따라 흩어졌다.

작은 무대 위에서 전통 악기와 오르간과 바이올린이 어우러져 연주하고 있었다. 타악기인 전통 악기 연주자는 4, 50대로 보이는 아저씨였고, 오르간 연주자는 동글동글한 얼굴의 20대 정도 된 여자였다. 30대 정도의 동양인 남자는 바이올린을 연주했다. 나는 바이올린 연주자에게서 눈을 뗄 수가 없었다. 빠르게 흘러가는 음 하나하나를 보듬으며 부드럽게 미끄러지는 연주가 마음을 홀렸다. 활을 움직일 때마다 조화로운 소리가 단비처럼 쏟아졌다. 메마른 호수에 물이 차오르듯 감정이 촉촉해지고 있었다. 연주자의 다듬지 않은 검은 수염과 칙칙한 피부조차 아름다워 보였다.

빠른 리듬이 늘어지면서 애잔한 선율로 바뀌었다. 음악은 시

공간을 뛰어넘어 다른 차원으로 데려갔다.

잔잔했던 바다에 해일이 일고, 성난 파도가 위협하듯 흘러갔다. 폭풍을 견디고 파도를 버티며 두려움과 마주하는 일상. 끊어질 듯 끊어질 듯 이어지는 연주. 차갑고 절제된 리듬이 오랫동안 묵혀둔 뱃사람들의 슬픔을 서서히 풀어내고 있었다. 수만 갈래의 길, 쉼 없이 달려 도착한 하루에는 고단함을 풀어 놓듯 바람이 흘러갔다. 잔잔하게 빛나는 밤하늘의 별은 고요하면서도 장중했다. 음악이 품은 뱃사람들의 삶, 그들을 이해하기에는 물리적거리도, 심리적거리도 너무 멀다. 어쩌면 거리와 상관없이 인간과 인간의 관계에서 완전한 이해란 불가능한 것 아닐까. 그게 가족이라고 해도. 해민이를 떠올리자 가슴이 먹먹해졌다.

해민이는 갖고 싶은 것, 하고 싶은 것이 있으면 뚜렷하게 자기주장을 말했다. 때론 사생결단하듯 원하는 것을 고집했다. 타협도 차선도 없었다. 하지만 내 안에는 무조건이라는 단어가 없다. 철이 들면서 '무조건'을 삭제하자 가족의 평안이 지켜진다는 걸 알아버렸으니까.

바뀐 리듬이 흐트러져 있던 감정을 건드렸다. 나는 다시 음악 속으로 빠져들었다. 고음 하나하나에 신경을 집중하는 사이 음악은 나를 달콤한 왕국으로 이끌었다. 봄꽃이 오랜 침묵을 깨고 보드라운 잎을 열었다. 가볍게 날아오르는 아침 새들의 행진. 나뭇잎을 스치는 사랑스러운 지저귐. 레이저 빛보다 더 황홀한 빛이 심장에 가득 찼다. 바이올린 소리가 사르락 흩어지며 또다시 바뀐 리듬. 쿵쿵쿵쿵. 천둥이 바람을 이끌고 몰아치고 있었다. 어느새 내 손가락이 현을 따라 춤을 추었다. 잠든 신을 깨우기 위해 천둥소리를 나침반 삼아 먼 여행을 떠나는 사람들. 롤러코스터 같은 나날들. 강렬한 리듬이 절정으로 치닫는가 싶더니 깊은 울림을 남기고 사라졌다.

"브라보!"

관중들의 박수와 외침 소리가 감동을 이어주었다. 나처럼 많은 사람들이 연주에서 빠져나오지 못한 것 같았다.

연주자들이 악기를 정리하기 시작하자, 구경하던 사람들도 순식간에 흩어졌다. 바이올린 연주자는 악기를 벤치에 둔 채 이동식 상점으로 갔다. 나는 바이올린 앞으로 다가가 악기를 집어 들었다.

"Hey, boy! Don't touch!"

전통악기 연주자가 소리쳤다. 그의 말이 내 귀에 닿지 않았다. 바이올린 연주자가 양손에 음료수를 들고 허겁지겁 달려왔다. 그 모습도 내 눈 밖에 있었다. 귀와 눈과 심장과 손가락이 지판을 달리고 싶어 아우성치는 것만 느껴졌다.

바장조 현을 누르고 활을 그었다. 진한 황금색 바이올린에서는 선명하면서도 깊은 울림소리가 났다. 아! 나를 초대하는 소리였다. 바이올린 연주자의 발길이 멈추었다. 다른 연주자들도 심상치 않은 눈으로 나를 보고 있었다.

눈을 감고 심호흡을 했다. The poet in my heart. (내 마음속의 시인) 곡을 떠올리며.

내 영혼이 슬픈 침묵에 빠져들 때.
말을 거는 작은 목소리를 찾아야 해.
심장 깊은 곳에 감춰둔 너만의 시인이 있어.

왼손가락이 움직일 때마다 부드러운 선율이 흘러나왔다. 누군가 읊조리듯 노래를 불렀다. 노랫말은 사람들 사이를 맴돌며 마음을 어루만졌다. 섬의 공기가 바뀌고, 사람들의 표정도 바뀌었다.

전통악기 연주자가 다시 악기를 꺼내 들었다. 오르간도 연주에 합세했다. 두 사람은 나와 눈을 마주치고 고개를 끄덕이며 속도를 맞추었다. 동시에 내 소리를 넘지 않도록 경계를 지키면서 배경으로 물러나 주었다. 풍부해진 리듬이 연주에 기운을 불어넣었다.

어느새 사람들이 꽤 많이 모여 있었다. 레게 머리를 한 남자가 나를 향해 핸드폰을 들이댔다. 그제야 주변 상황이 눈에 들어왔다. 나는 화끈거리는 얼굴을 감추며 고개를 숙였다. 낯선 곳, 국제적 민폐, 무모한 돌발행동 어쩌고 하는 제목으로 유튜브를 떠도는 영상이 떠올랐다. 빨리 이 상황에서 벗어나고 싶었다. 하지만, 수많은 사람들이 쏘아대는 눈빛에 자꾸만 몸이 움츠러들었다.

누군가의 발이 내 앞에 멈춰 섰다. 그가 내 어깨를 두드렸고, 나는 입술을 깨물며 고개를 들었다. 바이올린 연주자가 묘한 눈으로 나를 보고 있었다.

"so~rry……!"

나는 엉거주춤 악기를 내밀었다. 그의 눈과 마주쳤다. 눈빛이 강렬하면서도 맑았다. 순간, 이상한 느낌이 들었다. 평안하면서도 익숙한, 그러면서도 낯선 감정.

짝짝짝짝. 어디선가 박수 소리가 들렸다 점점 커지는 박수 소리 틈에 환호성도 섞여 있었다.

"Believe in yourself!"

바이올린 연주자의 목소리는 고요했지만 울림이 있었다. 그는 잠시 나를 뚫어지게 바라보다 악기를 챙겨 떠났다.

"얼마나 찾았는지 알아? 갑자기 사라지더니 전화도 안 받고, 대체 넌!"

나는 멍한 얼굴로 아빠를 보았다. 그때까지도 크고 강한 번개에 감전된 것처럼 꼼짝할 수 없었다. 아빠의 입술이 파르르 떨렸다. 무섭고, 딱딱하고, 원칙주의자인 아빠. 일터에서의 아빠 캐릭터다. 아빠 역할을 할 때도 역시 센 캐릭터지만, 한없이 약해 보일 때가 있다. 지금처럼, 엄마의 빈 자리에 대한 미안함과 예고 없이 닥칠지 모르는 불행에 대한 긴장감. 동생과 나를 대하는 엄격함 이면에는 그런 감정이 담겨 있다.

"나 연주하는 거 봤어?"

밤새 붐빌 것 같은 거리를 빠져나오며 내가 물었다. 아빠의 표정을 보니 전혀 모르는 것 같았다. 나는 조금 전 상황을 들려주었다. 이야기를 할수록 연주했던 순간이 꿈처럼 느껴졌다. 꿈이라면 다시 꾸고 싶었다. 내 말을 듣는 동안 아빠의 기분이 풀린 것 같았다.

"아빠, 나도 해민이랑 같이 오케스트라……."

"음악은 여행 같아. 삶에 활력을 주는. 하지만 늘 여행만 하면서 살 수 없다는 게 아쉬울 뿐이지."

"사실 나 아까……."

나는 연주 직후 빠져들기 시작한 감정에 대해 말하고 싶었다.

"벌써 네가 고등학생이 된다니…… 세월 참! 이제 돌아가면 입시만 생각 해야 해. 대학에 가면 네가 하고 싶은 거 다 해도 되니까 그때까지만 잘 버텨."

아빠는 내 말을 가로막으며 발걸음을 재촉했다. 나는 아빠의 마음을 상하게 하고 싶지 않아 입을 다물었다.

호텔에 돌아와서도 들뜬 마음이 가라앉지 않았고, 새벽까지 잠을 설치다 스스로를 다독였다. 이 두근거림이 오래 가지 않길……. 쉽게 잊어버리길……. 하지만 바이올린 연주자가 남긴 말이 자꾸만 귓가를 맴돌았다. Believe in yourself! 내 머리는 미련을 갖지 말라고 했지만, 가슴은 확신하고 있었다. 연주의 순간이 낙엽 위에 떨어진 작은 불씨였다는 걸. 예전의 나로 돌아갈 수 없다는 걸.

03
가면 뒤의 가면

병원 밖으로 나오니 따가운 태양 빛이 눈을 찔렀다. 봄꽃이 다 피기도 전에 더운 공기가 밀려왔다. 목이 깔깔하고 입술이 바싹 타들어 갔다. 물감을 섞듯 누군가 머릿속을 휘젓는 것 같았다.

오빠가 음악에 열정을 갖고 있었다니 의외였다. 사고의 진실과 비올라의 존재도 해결하지 못했는데 기억공유 후 내 안에 더 많은 물음표가 생겼다. 오빠와 음악. 둘의 연관성을 찾기 위해 기억을 더듬어보았지만, 내 기억에도 오빠의 기억에도 답은 없었다. 한 번의 기억공유만으로 궁금증이 다 해소될 거라 기대한 건 역시 무리였나 보다.

어디선가 지독한 냄새가 났다. 누군가가 나를 밀치고 지나갔다. 짜증이 확 일었다. 시비 걸 생각으로 뒤를 돌아보았는데, 할머니였다. 철 지난 옷차림을 한 할머니는 양손에 무거운 짐을 들고 휘청거리며 걷고 있었다. 한쪽 보따리 밑에 주황색 액체가 맺혀 있었다. 할머니를 물끄러미 바라보니 냄새도, 모습도 도시와는 어울리지 않았다. 미안함과 긴장감. 아빠의 엄격함 이면에 그런 감정이 있다고? 말도 안 돼. 오빠는 자신만의 가상현실에 갇혀 보고 싶은 것만 보고 있었다. 시대와 동떨어진 저 할머니처럼.

제발 날 좀 내버려 두라고. 언젠가 잔소리를 늘어놓는 오빠에게 고함을 질렀다. 잘난 척하는 거 역겹다는 말과 함께. 오빠는 말없이 나를 바라보았다. 한심스러워 견딜 수 없다는 표정으로. 그러다 차갑게 돌아서 버렸다. 오빠의 표정은 소름 끼칠 정도로 아빠와 똑같았다. 내 바람대로 오빠는 나를 내버려 두었다. 가출했을 때도, 밤새 게임만 할 때도, 학교에서 문제를 일으켰을 때도 관여하지 않았다. 어쩌다 눈이 마주쳐도 외면해버렸다. 독한 새끼! 서러움이 차올라 견딜 수 없을 때면 오빠 뒤통수에 대고 욕설을 퍼부었다. 그 순간조차 나를 투명 인간 취급했다. 오빠가 아빠보다 더 잔인하게 느껴졌다. 그럴 때면 엄마가 너무 보고 싶었다.

나는 오빠에 대한 어떤 기대도 남아 있지 않다고 생각했다. 하지만, 사고 이후 내 감정은 맑은 날 내리는 여우비처럼 종잡을 수 없었다.

달리기 시작했다. 입을 벌려 더운 공기를 들이마시며 숨을 헐떡거릴 정도로 빠르게 달렸다. 몸살보다 마음의 통증이 더 견디기 힘들었던 순간들. 그때의 감정이 되살아났다. 기억공유 때문이다. 겨우 아물었는데, 이제 숨 쉴 만한데 기억공유가 다시 상처를 건드렸다. 더 나빠지기 전에 가까운 산이라도 가야겠다.

몸이 자라면서 멀미가 사라졌지만, 가족 여행 기회는 없었다. 혼자서 버스와 기차와 지하철을 타고 쏘다녔다. 처음 산을 올랐을 때는 몸을 괴롭히면 생각이 마비될 거라 여겼다. 중3 때부터 1년이 넘는 동안 아홉 개의 산을 올랐다. 지리산은 열 번째 목표였다. 고모는 어린 여자애가 겁 없이 혼자 다닌다고 걱정하지만, 내게는 집이 더 안전하지 않았다.

산은 수많은 생명을 품고 있지만, 어떤 생명에게도 딴지를 걸거나 간섭하지 않는다. 비교하거나 내치지도 않는다. 점점 가빠지는 숨소리, 사락거리는 발걸음, 심장 뛰는 느낌에 집중하다 보면 다른 세상과 만난다. 살아있고, 열망하고, 힘차게 생동하는 내 안의 우주와!

땀을 흠뻑 흘리고 숨이 턱까지 차오를 때 드디어 산의 정상에 발을 딛는다. 정상에서 바라보는 세상은 산 밑에서 보는 모습과는 전혀 다르다. 더없이 평온하다. 갈등과 싸움과 경쟁을 상상할 수 없을 만큼. 나는 평온함에 취해 기진맥진한 몸을 눕힌다. 하늘을 마주 보면 왠지 엄마와 가까이 있는 느낌이 든다. 엄마 옷자락에서 풍기던 비누 향과 웃을 때 드러나는 덧니와 콧잔등에 찍힌 점 하나하나까지 눈에 보이듯 생생하다. 어쩌면 사진과 영상과 상상으로 혼합된 기억인지도 모르겠다. 하지만 상관없다. 그것만으로도 에너지가 충전되니까. 스물다섯 살이 되기 전에 우리나라 산을 모두 등반하고, 마흔 전에 세계의 산을 정복하는 것. 그게 나의 버킷리스트이고 삶의 유일한 이유이다. 적어도 마흔까지는 살아있을 것 같다.

　마음이 엉망진창인 채 일주일이 흘렀다. 감정 배터리에 잔량이 얼마 남지 않았다는 것을 알고 있었지만, 아파트와 연결된 등산로조차 가지 못했다. 다른 때 같으면 무작정 집을 나섰을 텐데 왠지 발길이 떨어지지 않았다. 아빠와 마주 보는 게 예전보다 더 힘든데도 그랬다. 아빠도 나를 제대로 바라보지 못했다. 거부가 아닌 뭔가 다른 느낌이었다.

　첫 번째 기억공유 이후 부서진 오빠의 핸드폰을 수리했다. AS 센터를 나서자마자 SNS와 저장된 자료들을 훑어보았다. SNS는 몇 년 전 계정만 등록한 상태로 텅 비어있고, 다운로드하거나 링크에 접속한 흔적도 입시와 관련된 정보들뿐이었다. 그 흔한 게임이나 유튜브 어플리케이션조차 없었다. 오빠는 몇 년간 입시 외에는 세상과 담을 쌓고 산 모양이다. 한 사람의 세계는 우주보다 더 넓은 영역을 품고 있고 그 세계는 대부분 핸드폰 안에 보관하는데, 오빠는 아무것도 남겨 두지 않았다. 한참을 뒤진 끝에 겨우 발견한 건 밴드가 유일했다. '피날레'라는 폴더 딱 하나였는데, 날짜를 보니 최근까지 활용한 모양이었다. 하지만 시립 오케스트라 단원 모집 요강과 십여 개의 연주곡이 전부였다.

　목록에서 '신이 잠든 사이에'라는 곡을 찾았다. 곡에 대한 짧은 해설도 저장되어 있었다. 신이 잠든 사이에는 고대 프리센 섬의 뱃사람들이 신에게 제사 지낼 때 연주하던 곡이다. 자연재해와 전쟁이 일어나면 섬사람들은 신이 잠들었다고 여겼다. 뱃사람들이 주축이 되어 신을 향해 연주하고 춤을 추었다. 그러면 기도가 하늘에 닿아 깨어난 신이 인간 세상을 바로 잡아 준다고 믿었다. 시간이 흐르면서 조금씩 변주되어 구전되던 중 중세 시대의 한 작곡가가 클래식으로 변형시켰다고 기록되어 있었다.

음악을 들어보았지만, 오빠가 기억하고 있는 감동은 느껴지지 않았다. 하지만 첫 번째 기억공유를 통해 단서 하나는 건졌다. 오빠가 음악에 빠졌다는 것. 그건 비올라를 구한 게 나를 위해서가 아니라는 증거가 될 터였다.

오빠의 핸드폰에서 진동이 느껴졌다. 화면에 한세은이라는 글자가 떴다. 망설이다 전화를 받았다. 핸드폰에서 짧게 숨넘어가는 소리가 들렸다.

"어……, 해준이 핸드폰 아닌가요?"

"누구세요?"

"저 해준이 친군데……, 혹시 해민이?"

세은이란 언니는 담담한 목소리로 오빠의 상태를 물었고, 나는 대충 얼버무렸다. 전화를 끊으려는데 만날 수 있냐고 물었다.

"그때도 여기 왔었는데, 해준이랑."

세은이 언니가 디저트 카페를 둘러보며 쓴웃음을 지었다. 언니의 기억은 오빠와 만났던 순간으로 가 있는 모양이었다. 언니는 오빠 핸드폰으로 가끔 전화를 걸었다고 했다. 깨어나지 않은 것도 알고 받을 리 없다는 것도 알지만, 혹시나 하는 기대가 습관이 되어버렸다고. 나는 왠지 씁쓸했다. 오빠에게는 좋은 친구가 있었구나. 학교에서도 집에서도 나는 늘 혼자였는데…….

"용건이 뭐예요?"

이야기가 서론에서 빙빙 돌아 내가 재촉하듯 물었다.

"성격 참 급하네."

세은이 언니는 가볍게 눈을 흘기더니 파일에 끼워져 있던 종이 두 장을 꺼냈다. A4 용지에 이름과 전화번호가 나열되어 있었다. 붉은색으로 지운 이름도 보였다. 뭐냐고 묻자 가람초등학교 오케스트라 단원 명단이라고 했다. 뜬금없이 이걸 왜 보여주나 싶어 의아한 표정으로 언니를 보았다. 어쩌면 비올라와 관련이 있을지도 모른다는 기대감으로 대답을 기다렸다.

"분위기는 다른데 묘하게 닮았네. 부럽다, 해준이 같은 애가 오빠라서."

"뭐래."

나는 퉁명스럽게 대답하고 고개를 돌렸다. 언니는 오빠와 내가 일상을 나누는 다정한 남매인 줄 아는 모양이다. 이제 누군가 오빠에 관해 묻는다면 아무 대답도 못 할 것 같은데. 오빠가 깨어난다면 예전보다 더 낯설게 느껴질 것 같은데.

"너 비올라 연주했잖아. 꽤 잘했다던데?"

언니 자꾸 말이 딴 데로 샜다. 더 있어 봐야 시간만 낭비할 것 같았다. 딱히 할 일도 없고, 갈 곳이 있는 것도 아니지만 누군가의 시간 때우기용 말 상대는 되고 싶지 않았다. 나는 입술을 샐쭉거리다 자리에서 일어섰다.

"같이 앙상블 팀 만들자고. 오빠 회복되면 바로 합류할 수 있게."

하, 미친! 이 판국에 앙상블이라니! 오빠에게 어떤 가능성이 있을 거라 기대하는 건가. 나는 말없이 언니를 보다 그대로 돌아섰다. 아차, 오빠와 비올라 관계를 물어봐야 하는데, 타이밍을 놓쳐버렸다.

"잠깐!"

언니가 내 쪽으로 와 팔을 잡아끌어 자리에 도로 앉혔다. 그러고는 옆에 있는 의자를 끌어당겨 바짝 붙어 앉았다.

"내가 오케스트라 3년 선배거든."

"알아요."

"알면 선배 말 다 듣고 가라."

사실, 선배라는 거 기억하지 못했다. 하지만 모른다고 하면 오케스트라 사연도 주저리주저리 늘어놓을 것 같아 그냥 그렇게 말해버렸다. 할 말이 뭐냐고 물었지만, 언니는 음료만 마시며 또뜸을 들였다. 나는 못마땅한 표정으로 삐딱하게 앉아 바닥을 내려다보았다. 언니가 귀엽다는 듯 내 머리를 흐트러뜨렸다. 자존심이 상해 불쾌한 표정을 지어 보였지만, 언니는 상관하지 않았다. 나와 눈이 마주치자 입술 양쪽 끝에 보조개를 만들며 웃어 보였다. 상처도, 그늘도 없는 얼굴. 눈치 없이 오지랖만 넓은 짜증 나는 스타일이다.

언니는 음악을 향한 오빠의 열정이 얼마나 강렬했는지, 합주에 대한 갈망이 얼마나 컸는지 읊어댔다. 어느새 나는 언니를 보고 있었고, 말에 귀를 기울이고 있었다. 어떻게 파악했을까. 17년을 한 집에서 살던 나도, 낳고 키운 엄마, 아빠도 몰랐던 어쩌면 오빠의 삶 중 가장 큰 단면을. 오빠는 가족에게, 그리고 나에게 어떤 가면을 쓰고 대했던가. 물고기가 그물을 쏙쏙 빠져나가듯 가족들 눈길을 피하며 살았던 오빠가 원망스러웠다. 당장 병원에 달려가 오빠를 향해 고함치고 싶었다. 너는 대체 누구냐고, 나와 가족은 오빠에게 뭐였냐고.

언니는 앙상블 팀을 만들고 싶어 했던 오빠의 모습이 무모할 정도로 순수했다고 했다. 그때 일을 떠올리면 자괴감이 든다며 한숨을 쉬었다. 자괴감! 그건 오빠의 기억을 공유한 이후 생긴 내 감정 중 하나다. 나도, 오빠도 가면 뒤에 또 다른 가면을 쓰고 살고 있었던 건 아닐까. 자신에게조차 진짜 감정을 감춘 채.

"설명, 더 필요해?"

세은이 언니가 물었다. 앙상블이라니. 이제 와서 그게 오빠한테 무슨 소용이 있다고. 오빠의 뇌는 멈춰버렸는데 무엇을 계획하고 준비한다는 건가.

"알잖아요, 불가능하단 거."

나는 한숨과 함께 대답했다.

"해준이 다시 일어날 거야, 음악 때문이라도……."

"장난해요, 지금?"

오빠 뇌가 살아날 가능성이 있었다면 기억공유 따윈 하지도 않았을 것이다. 불가능한 것을 가능하다고 착각하며 미련 떠는 건 쓸데없는 감정 낭비다. 엄마를 빼앗아가고, 오빠를 식물로 만들어버리고, 화살을 내게 돌리는 상황도 미칠 것 같은데, 이 언니가 하는 헛소리까지 듣고 있어야 한다니! 삶이 진짜 장난이라도 치는 모양이다.

그렇다면 얼마든지 놀아 나주지. 현실을 슬퍼하고, 모든 걸 남 탓으로 돌리고, 삐뚤어지면 되지. 그리고……, 세상 모든 것에 마음을 닫으면 그만이다.

어두운 감정들이 뇌 속에서 와글거렸다. 이 자리에 더 있다가는 폭발해버릴 것 같았다.

04
- 두 번째 접속 -
그림자놀이

약속 장소에 누군가 와 있다면, 이제 그림자놀이를 하지 않게 될 거란 예감이 들었다.

텅 빈 놀이터. 묵은 먼지 낀 아파트 담벼락. 무질서하게 매달린 빛바랜 상가 간판들. 늘 지나던 골목이 생소하게 느껴졌다. 거리에 드리운 그림자를 따라 천천히 느리게 걸었다. 허황된 시도라는 것을 알고 있다. 하지만 아슬아슬하게 붙잡고 있는 기대감을 조금이라도 오래 끌고 싶었다.

학교 앞에 이르렀을 때, 머리카락 속에 맺혀 있던 땀 한 줄기가 이마를 타고 미끄러졌다. 아무도 와 있지 않았다. 맥이 빠졌다. 교문 그림자를 밟고 섰다. 내 그림자의 반이 교문 그림자에 스며들었다.

그림자밟기. 그건 어릴 때 했던 놀이였다. 해민이는 양발 모두 내 그림자를 밟고 섰는데, 나는 아무리 해도 그렇게 할 수 없었다. 제자리에서 뱅뱅 돌고, 점프하고, 땅바닥을 뒹굴어도 내 그림자를 밟지 못했다. 자라면서 알아챘다. 놀이할 때처럼, 동생이 내 그림자를 밟고 있다는 걸. 그것은 긴장과 평온함, 막연한 불안감을 동시에 불러일으켰다.

열흘 전, 오케스트라 재결성을 위한 모임 안내 문자를 1기부터 5기 단원들에게 보냈다. 공지한 시간에서 5분이 지났다. 아무도 오지 않았다. 또 5분이 지나갔다. 여전히 아무도 오지 않았다. 5분이 백번 지나도, 천만번이 지나도 상황이 달라지지 않을 것 같았다. 허탈한 감정을 어떻게 처리해야 할지 몰라 바닥을 내려다보았다. 바닥에는 내 그림자가 단단히 박혀 있다. 그림자 위로 무언가가 삐걱거리다 서서히 무너지기 시작했다.

나는 습관처럼, 바라는 일의 반대를 상상하곤 했다. 일종의 예방접종이었다. 예방접종을 하면 상상 속에서 이미 불행을 경험했기 때문에 현실에서의 불행을 쉽게 극복할 수 있었다. 행운의 상황에서도 효과가 있다. 긍정의 감정을 훨씬 강하게 해 주니까. 간절한 일일수록 효력을 발휘했다. 하지만 예방접종만으로 삶의 모든 바이러스를 극복할 수 있는 건 아니다. 그 사실을 깨달은 이후 나는 아무것도 시도하지 않았다. 시도하지 않으니 기대할 일도 없었다. 딱히 시도하고 싶을 만큼 욕구를 불러일으키는 일도 없었지만.

그랬던 내게, 가슴 뛰는 일이 생겼다. 여행 이후 불씨를 품은 내 감정이 생경하고, 설레기도 했다. 그 기분에 취해 예방접종을 미처 생각하지 못했다.

가. 람. 초. 등. 학. 교. 나는 고개를 들어 간판에 새겨진 글자를 한 자 한 자 훑었다. 온전했던 가족, 평안했던 시간의 일부가 저 안에 고여 있다. 학교 건물 외벽에 걸린 시계가 보였다. 시곗바늘은 이미 15분을 지나고 있었다. 괜히 시멘트 바닥에 발길질하며 시간을 끌었다. 하지만 곧 체념하고 돌아섰다.

맞은편에서 시선이 느껴졌다. 내 또래로 보이는, 입술 색이 짙은 여자아이였다. 그 아이는 쭈뼛거리며 내게 다가왔다.

"민해준! 오랜만이다."

"어……."

나는 신음처럼 간신히 대꾸하고 눈만 끔벅였다. 이런 애가 가람초등학교 오케스트라에 있었던가? 기억에 남아 있는 단원들의 얼굴을 하나하나 더듬어보았다.

"너도 초대장 받고 온 거야?"

여자애가 물었다. 반말로 대꾸해야 할지 존댓말을 써야 할지 판단이 안 섰다. 얼굴이 짙은 화장으로 덮여있어 더 알아보기 힘들었다.

"학교가 요렇게 작았었나? 에게! 조 구름다리 좀 봐. 큭큭큭. 예전에 구름다리 사이로 엉덩이 빼고 거꾸로 매달려서 놀았는데."

여자애는 한쪽 다리를 들어 올리다 구르는 시늉을 했다. 태권도 복장을 한 초등학생 무리가 지나가면서 나와 여자애를 힐끔거렸다. 여전히 얘가 누구인지 모르겠다. 기억나지 않으니 선뜻입이 떨어지지 않았다.

"너, 나 몰라? 세은이야. 한세은."

한세은이라고……? 설마.

초등학교 때 세은이는 이렇게 시끌벅적하지 않았다. 평범한 외모와 조용한 말투 때문에 또렷한 인상을 떠올리기 힘든 캐릭터였다. 한겨울의 에어컨 같은 존재, 그게 딱 한세은이었다. 오히려 세은이네 엄마는 확실히 기억난다. 정기 공연의 긴장감을 고조시켰던, 노란 단발머리 아줌마.

목이 말랐다. 생각해보니 집을 나올 때부터 갈증을 느꼈는데, 40분 가까이 뙤약볕에 서 있으면서 깨닫지 못했다.

"열부터 식히자."

눈치챘는지 세은이가 디저트 카페를 보며 말했다.

"오케스트라 재결성을 위한 1기부터 5기 단원 번개! 7월 16일 토요일 오전 10시 가람 초등학교 정문 앞."

세은이는 슬라이스 얼음을 오물거리며 문자 내용을 읽었다.

"누가 보낸 건지 이름도 없었네. 장난친 거였나 봐."

세은이가 확인해서 혼내줘야겠다며 통화 버튼을 눌렀다. 탁자 위에 있는 내 핸드폰이 울렸다. 세은이가 나와 내 핸드폰을 번갈아 보았다. 그러다 손에 들고 있던 자신의 핸드폰을 내려놓고 가만히 있었다. 말문이 막히는지 입만 달싹거리다 나를 뚫어지게 보았다. 나는 세은이 눈길을 슬쩍 피하며 혼잣말처럼 중얼거렸다.

"번개를 피할 만큼 다들 바쁜가 보네. 서른 한 명에게 보낸 문자 중 서른 개의 문자가 날아가고, 달랑 한 명만 반응을 보이다니."

"이유가 뭐야?"

세은이가 약이 오른 얼굴로 물었다. 순간 세은이네 엄마와 세은이 얼굴이 오버랩 되었다. 앙칼진 목소리로 무대 뒤를 살벌하게 만들던 표정.

"다시 연주하고 싶어서."

"야, 그럼 오케스트라 단원으로 들어가면 되잖아. 시나 구에서 운영하는 오케스트라도 있고 사설도 많아."

알고 있다. 하지만 나는 내 상황을 구구절절 설명하고 싶지 않았다.

"맞다, 너 초등학교 때 오케스트라 단원 아니었잖아."

"하다 말았지."

조금 서운했다. 짧은 기간이었지만, 얼마나 열심히 했는데……. 음이 정확하고 깔끔하다는 칭찬도 여러 번 들었고, 가끔 시범을 보이기도 했었는데……. 하지만 세은이는 아무것도 기억하지 못했다.

"난 중학교 들어와서 첼로로 바꿨거든. 그런데 재미도 없고 단원들도 어른들뿐이라 적응하기 힘들더라. 그래서 그만뒀어. 이런 나한테 음대를 가란다. 엄만 내가 천재인 줄 알거든. 딸이 음악을 끔찍하게 싫어하는 걸 인정하지 않는 거지."

뭐냐, 얜. 연주할 생각도 없으면서 왜 나온 거야? 나는 머리카락을 쥐어뜯을 듯 쓱 넘기고는 쟁반을 들고 일어섰다.

"다 먹었으면 가자."

"연주하고 싶다며?"

세은이가 스푼을 입에 문 채 물었다. 나를 빤히 올려다보는 눈빛이 아까와는 달랐다. 막상 접으려고 하자 뒤늦게 아쉬워진 모양이었다.

"적어도 앙상블 인원은 돼야 하는데, 나 혼자서는 못하지."

"너랑 나, 벌써 둘이나 모였잖아."

"넌 싫다고 하지 않았어?"

"그런 말 한 적 없는데."

세은이는 내가 들고 있던 쟁반을 채가더니 탁자에 내려놓았다. 나는 못이기는 척 다시 자리에 앉았다. 세은이가 합류한다 해도 겨우 두 명. 면접에 오디션까지 봐야겠다는 계획은 이미 물 건너갔다. 단원들에게 문자를 보내며 얼마나 설렜는데.

"연주할 아이들을 모집한다는 거잖아. 의도가 뭔지 자세히 말해봐."

나는 세은이에게 여행 중과 후의 이야기를 육하원칙으로 간략하게 설명했다. 그러는 사이 심장을 펄펄 끓게 했던 프리센 섬에서의 감정이 되살아났다.

"그러니까 아빠 모르게 연주할 방법을 찾고 있다는 거지?"

내가 고개를 끄덕이자 세은이가 제법인데 하는 표정을 지었다. 찾아보면 연주하고 싶어 하는 애들 있을 거라는 말에 놓으려던 희망의 끈을 다시 움켜쥐었다. 세은이는 단원들의 핸드폰 번호를 어떻게 알았는지 궁금해했다.

"우리 초등학교 때 지휘자 선생님 기억나?"

물론이라고 말하는 세은이 표정에 설핏 어두운 그늘이 스쳤다.

"연락했었어. 그 선생님께."

지휘자 선생님은 6학년 때까지 오케스트라 단원이었던 해민이만 기억하고 있었다. 해민이 오빠가 무슨 일로 전화했냐며 의아해했다. 나는 난감해하는 선생님을 설득해 1기부터 5기 단원 47명 중 31명의 전화번호를 확보했다. 그중 문자를 받고 나온 사람은 세은이 딱 한 사람뿐이다. 이런 경우 1은 절망적인 숫자다.

나는 입안 가득 공기를 머금고 창밖을 내다보았다. 한낮의 열기 때문인지 거리는 한산했다. 기말고사 끝난 주말이지만 대부분의 아이들은 학원이나 도서관에 갇혀 있는 모양이다.

"세은이 네가 한다고 해도 겨우 두 명인데."

"이렇게 바쁜 시대에 문자 발송이라……, 너무 소심 전략 아냐?"

"그럼?"

"정면 돌파해야지. 통화하자."

졸업하고 연락 한 번 한 적 없는데, 너무 뜬금없는 거 아닌가. 그런 생각이 들었지만, 다른 방법이 없었다.

"누가 보면 우리 스팸 전화 알바 뛰는 줄 알겠다."

내 말에 세은이가 까르륵 웃었다. 창 안으로 쏟아지는 햇살보다 더 환한 웃음이었다. 묘하게, 긴장이 풀어지며 나도 웃음을 터뜨렸다.

불확실한 미래에 최면을 건다면

말도 안 돼! 태어났을 때부터 나는 오빠의 그늘에 가려져 있었는데, 그런 내가 그림자를 밟고 있었다니! 예방접종은 뭐고, 아무것도 시도하지 않았다는 건 뭔가. 오빠의 기억 속에 있는 오빠의 모습은 오빠가 아니다. 그건……, 나였다.

3년 전, 단원들에게 보냈다던 문자를 떠올렸다. 오케스트라를 결성하자는 내용의 문자를 본 것 같기도 하고, 그렇지 않은 것 같기도 했다. 흐릿하게 남아 있는 기억을 떠올리다 출처가 분명하지 않아 무심코 지워버린 문자 중 하나일지도 모른다고, 그렇게 생각하자고 밀어두었다. 어쨌든 오빠가 내게 이 일에 대해 말하지 않은 건 분명하다. 친척들에게 반박할 근거가 하나 더 생겼다.

세은이 언니에게 전화했다. 궁금한 건 많은데 다음 접속 일까지 기다리자니 조급증이 났다. 우선 앙상블 팀, 그걸 통해 오빠가 무엇을 하려고 했는지 알아야 했다. 확인하다 보면 비올라의 의혹도 풀리겠지.

카페를 들어서던 세은이 언니가 멈칫했다. 자리에 앉자마자 상기된 얼굴로 나를 빤히 보았다.

"헉! 순간 착각한 거 알아? 해준이가 앉아 있는 줄 알고."

지금처럼 야구 모자에 헐렁한 점퍼를 걸치고 다니면 남자로 오해를 받을 때가 있다. 그렇다고 오빠와 헷갈리다니, 눈이 어떻게 된 모양이다. 하긴 나와 오빠는 키와 몸집이 비슷하다. 사이가 좋았다면 옷과 신발을 공유했을지도 모른다. 취향도 비슷하니까. 그 외에는 모든 면이 다르다. 한 뱃속에서 나왔는데 어쩜 저렇게 다른지⋯⋯. 엄마, 아빠조차 추임새처럼 이 말을 덧붙이곤 했다. 성적뿐 아니라 모든 면에서 오빠가 잘 튜닝된 고급 차라면 나는 말썽 많은 고물차였다. 어른들은 내가 고모를 닮았다고 했다. 에너지가 집 밖에 있는 것도 고집이 센 것도 욱하는 성질도. 멀미가 심한 것까지 고모에게 물려받았다면서 뒷말을 흐렸다. 하지만 소리 없는 말은 귀가 아니라 가슴에 들리는 법이다. 머리도 좀 닮지. 나는 기어코 그 말을 알아차리고 만다. 고모의 두뇌만 오빠에게 유전된 것이 안타깝긴 나도 마찬가지다.

"궁금한 게 있어서 만나자고 했어요. 사고 났을 때 오빠가."

"비올라를 품에 안고 떨어졌다며?"

언니도 들은 모양이다.

"왜 그랬는지 알아요? 오빠가 비올라를 연주하는 것도 아닌데, 왜 그걸 갖고 있었는지⋯⋯."

"뭐?"

언니가 멍한 표정으로 되물었다. 몇 번 빠르게 눈을 깜빡거리다 다른 질문을 했다.

"그게 왜 궁금한데?"

나는 이유까지 말하고 싶진 않다. 그러려면 오빠와 나의 감정의 뿌리까지 다 드러내 보여야 하니까.

"뭔가 알고 있긴 하네요."

언니가 내 얼굴을 뚫어지게 보았다. 그러다 문득 생각난 듯 오케스트라 명단을 내밀었다.

"일단 전화부터 해. 그리고 말 좀 놔줄래? 그렇게 꼬박꼬박 존댓하니까 내가 엄청 나이 많은 사람 같잖아."

"오빠와 비올라에 대해 먼저 말해줘요. 그럼 전화도 하고, 말도 놓을게요."

"말 놓거나 말거나 그건 네 맘대로 하고."

언니가 턱으로 탁자 위에 놓인 내 핸드폰을 가리켰다. 그러고는 시키는 대로 하지 않으면 한 마디도 말해주지 않겠다는 표정으로 나를 보았다. 까짓것 뭐 어렵다고. 나는 대충 번호를 누르고 결번이다, 안 받는다며 꼼수를 부릴 생각이었다. 하는 척이라도 해야 정보를 얻을 수 있을 테니까. 핸드폰을 들고 오케스트라 단원의 연락처가 담긴 명단을 펼쳤다. 통화 버튼을 누르려는 순간, 하단에 있는 내 이름이 보였다. 이상했다. 주문에 걸린 듯 오빠의 기억 속에 있던 상황이 시간과 공간을 뛰어넘어 나와 연결되는 느낌이었다.

번번이 신호음만 한참 울리다 음성사서함으로 연결된다는 목소리로 넘어갔다. 언니도 핸드폰을 귀에 대고 있다가 말없이 내려놓았다. 30분 넘게 핸드폰을 붙잡고 있었지만 연결되지 않거나, 관심 없다는 말로 거절당했다. 이렇게 해서 어떻게 앙상블 팀을 만든다는 건지.

"난 이쯤에서 철수할게요."

"이름은 나중에 바꾸고, 기다려봐."

언니가 한 손을 펴 보이며 말장난을 했다. 명단을 보니 이젠 전화할 사람도 없는 것 같았다. 이름에 붉은 줄이 그어져 있는 한 사람 외에는. 언니는 잠시 고민하더니 번호를 눌렀다. 신호가 가는 것 같았다. 선유 핸드폰이냐고 묻던 언니 얼굴에 갑자기 핏기가 가셨다. 수화기 너머 비명이 나한테까지 들렸다.

"뭐예요?"

내가 입 모양으로 물었다.

"몰라."

언니도 입 모양으로 대답하며 핸드폰을 내밀었다. 나는 핸드폰을 받아 귀에 댔다. 고성과 비명과 쌍시옷 단어가 고막을 때렸다. 액션 영화라도 찍는 모양이었다.

"으윽! 여, 여보세요? 나 선유……."

수화기 너머에서 거친 숨결 섞인 목소리가 들렸다.

"선유 맞는 것 같네요."

나는 언니에게 핸드폰을 돌려주었다. 언니는 위치를 묻고 자리에서 일어났다.

"빨리 가자."

"어딜요?"

"어디긴. 선유한테지. 센 강 공사장이래."

느낌이 좋지 않았다. 센 강은 동네 아이들이 장난삼아 부르는 쓰레기와 오물이 섞인 개천이고, 공사장은 몇 년째 공사가 중단된 채 방치된 곳이다.

"경찰에 연락하면 되지 우리가 왜 가요?"

언니는 대답 대신 빨리 오라고 손짓했다. 제길, 오빠 일에 엮인 게 잘한 건지 모르겠다.

공사장 입구에 설치된 빛바랜 현수막에는 완공된 이미지 사진이 담겨 있다. 호수공원 한가운데 독특하고 화려하게 세워진 건물과 그 주변을 평화롭게 오가는 사람들의 모습이. 공사장 안으로 들어갈수록 이미지 사진이 비현실적으로 느껴졌다. 공사가 중단된 채 널브러져 있는 장비들과 녹슨 철근이 흉물스러워 보였다.

안쪽으로 들어갔을 때 신음이 들렸다. 거친 말투와 욕설까지 튀어나오자 언니가 112 버튼을 눌렀다.

포크레인 옆 바닥에 꼬질꼬질한 운동화 앞코가 보였다. 운동화를 주시하며 포크레인을 끼고 돌았다. 괜히 긴장되었다. 발끝에 무언가가 닿았다. 나는 놀란 숨을 훅 들이마시며 얼른 뒤로 물러섰다.

"엇! 공선유!"

앞서가던 언니가 비명과 함께 소리쳤다. 두 사람이 흙바닥에 엎어져 끌어안고 있었다. 위에 있던 남자가 몸을 일으켰다. 수염이 덥수룩한 얼굴에는 긁힌 자국이 있고, 어깨까지 내려 온 머리는 산발인데다 옷은 온통 흙투성이였다. 나는 고개를 갸웃거리며 남자를 훑어보았다. 전에 몇 번 본 적이 있다. 어깨에 둘러멘 악기 때문에 기억에 남아 있었다. 뒤로 묶은 머리와 수염과 헐렁한 점퍼가 바이올린 케이스와 어우러져 인상적이었다.

밑에 깔려있던 남자애가 끙끙대며 몸을 일으켰다. 나는 슬쩍 뒷걸음질하며 주위를 둘러보았다. 무기 될 만한 게 필요했다. 폐기물이 쌓여 있는 쪽으로는 가고 싶지 않고, 손에 잡힐만한 건 부서진 바이올린밖에 없었다. 바이올린은 한쪽 옆 판이 쪼개져 속이 다 들여다보였다. 땅바닥에 뒹굴고 있어도 흙 속의 진주처럼 도드라져 보였다. 마치 익숙하고 조화로운 리듬에 엉뚱한 음이 뛰어들어 불협화음을 일으킨 것처럼.

"우이 씨, 경찰은 오는 거야 마는 거야."

불안해진 나는 자꾸 공사장 입구 쪽을 돌아보았다. 언니는 넋

이 나간 건지 입을 꼭 다물고 두 사람만 보고 있었다.

멀리서 사이렌 소리가 들렸다. 경찰차가 미끄러지듯 다가오고, 브레이크 마찰음을 신호로 무장한 경찰이 달려와, 범인 제압. 영화에서처럼 그런 통쾌한 상황을 기대하며 안도했다. 밑에 깔려있던, 선유로 보이는 애가 갑자기 허둥거렸다. 경찰을 왜 불렀냐며 욕설을 내뱉고는 쌓아놓은 벽돌 틈으로 사라졌다.

남자는 부서진 바이올린을 주웠다. 바닥을 살피며 흩어진 파편 조각까지 찾아내 흙을 털었다. 구멍 난 바이올린에 퍼즐을 맞추듯 조각 하나하나를 대보았다. 그 모습이 경건해 보이기까지 했다.

"햇살? 설마 했는데 진짜 햇살 맞네!"

남자는 아무 말 없이 언니를 바라보았다.

"너 왜 여기 있어? 선유랑은 또……."

"이봐요, 무슨 일입니까?"

언니가 말을 채 맺기도 전에 경찰 두 사람이 경찰봉을 돌리며 다가왔다. 한 명은 나이가 지긋해 보이고, 다른 한 명은 이제 막 경찰 배지를 단것처럼 보였다. 나이 많은 경찰이 남자가 품에 안고 있는 것을 가리키며 뭐냐고 물었다.

"바이올린이 부서졌어요."

남자의 말투는 뭐라 딱 꼬집어 말할 수 없는 독특한 점이 있었다.

"폭행 사건으로 신고가 들어왔다는데, 무슨 일입니까?"

이번에는 젊은 경찰이 나섰다.

"너, 넘어졌어요. 그냥 혼자."

"흐음……."

나이 많은 경찰이 남자를 살피다 주위를 둘러보았다.

"저희가 잘못 안 것 같아요. 와 보니까 이 사람이 소리 지르고 있더라고요. 바이올린이 부셔졌다고."

언니가 엉뚱한 말을 했다.

"여긴 위험 지역에 CCTV도 없습니다. 무슨 일이 생겨도 모르니까 얼쩡거리지 마십시오."

젊은 경찰이 말했다.

"별일 아닌 것 같은데 가자고."

사건이라고 할 만한 단서를 찾지 못했는지 나이 많은 경찰이 앞장섰다. 젊은 경찰도 찜찜한 표정으로 서둘러 차로 돌아갔다.

"왠지 일이 복잡해질 것 같아서."

내가 경찰에게 왜 거짓말했냐고 묻자 언니가 얼버무렸다.

선유는 경찰이 가고 나서도 벽돌 사이에서 안절부절하고 있었다. 표정을 보니 꽤나 겁먹은 모양이다.

남자가 선유에게 달려들었다.

"바이올린 고쳐 놔."

이런 말은 용이 입에서 불을 뿜듯 악다구니를 써야 어울릴 터였다. 그런데, 남자가 선유를 노려보지 않았다면 혼잣말을 중얼거리는 걸로 알았을 거다. 바리톤의 낮은 목소리. 높아지지도 낮아지지도 않는 일정한 톤의 말투, 장단도 없이 읊조리는 말. 말투뿐 아니라 외모도 독특해 나이를 가늠하기 어려웠다.

선유가 피식 웃으며 남자에게 잡힌 옷자락을 떼어내려 했다. 하지만, 움켜잡은 손을 풀지 못하겠는지 낑낑거렸다.

"바이올린고쳐놔."

남자가 선유를 쏘아보며 손아귀에 더 힘을 주었다. 말투처럼, 표정에도 아무런 변화가 없었다. 신체 중 유일하게 감정이 드러나는 부위가 얼굴인데, 표정만 보면 남자는 감정이 없는 것 같았다.

"선유 네가 그런 거니?"

언니가 바이올린을 가리키며 물었다. 선유가 대답하지 않자 햇살이란 남자가 대신 고개를 끄덕였다. 언니는 발끈하며 어떻게 바이올린을 저 지경으로 만들 수가 있냐고 윽박질렀다. 선유가 상관하지 말라고 하자 언니는 더 흥분했다. 선유는 그 자리에 서서 옴짝달싹 못 하고 언니의 성질을 고스란히 받아내고 있었다. 이들도 오빠와 관련이 있을까. 나는 잠자코 서서 세 사람을 관찰했다.

"사람은 안 변한다더니, 너 진짜 실망이다!"

벌겋게 달아오른 언니 얼굴이 일그러졌다.

"나보고 어쩌라고? 돈 좀 달란다고 무시한 건 저 새끼야. 안 변한 건 쟤라고."

"뭐? 너 돈까지 뺏은 거야?"

언니가 싸늘한 표정으로 팔짱을 꼈다.

남자의 몸집은 겨울 나뭇가지처럼 앙상했고, 키도 작았다. 덥수룩한 수염과 긴 머리카락이 나약함을 감춰주긴 했지만, 굽은 어깨와 처진 눈꼬리 때문에 얕보이는 건 어쩔 수 없었다.

"쟤가 그냥 준 거야."

"넌 형한테 쟤가 뭐냐? 으이그……."

언니가 더는 못 참겠다는 듯 선유에게 주먹질해 보였다.

"거짓말이야. 게임 아이템 사야 한다고 억지로 빼앗았어."

"누나, 그게 아니고. 내가 돈 대신 바이올린 달라고 했는데 저게 도망가잖아. 쫓아가서 바이올린을 빼앗았더니 팔뚝을 물어버리는 거야. 장난이었는데 씨~."

선유가 오른쪽 팔을 내밀었다. 손목 윗부분에 이 자국이 선명하게 찍혀 있었다.

"그래서 선유 네가 바이올린을 던진 거야?"

"던진 게 아니라, 저 새끼 밀치려다 바이올린을 놓쳤는데……. 아, 몰라! 암튼 그때부터 돌았는지 괴성 지르고 나를 깔아뭉개는데, 진짜 미친개 같았다니까!"

그때 언니가 전화한 거군. 만약 지구대로 끌려갔으면 선유는 쉽게 풀려나지 못했을 것이다. 언니는 범죄행위라며 선유를 몰아붙였다. 바이올린을 물어주고 사과하지 않으면 경찰에 신고한다는 협박에 가까운 말을 듣고도 선유는 입을 꼭 다물고 있었다. 언니가 당장 신고하겠다며 핸드폰을 열었다.

"돈 없어. 신고해."

선유는 그렇게 웅얼거리고는 발로 바닥을 찼다.

"치료비 줄게. 바이올린 고쳐놔."

"이걸 어떻게 고치냐고!"

선유가 울상을 지었다. 언니도 바이올린을 보며 심란한 표정을 지었다. 목이 부러지고 몸통이 갈라진 바이올린을 수선할 수 있다는 이야기는 들었다. 하지만 쪼개진 파편 조각도 붙일 수 있을지 알 수 없었다. 수선할 수 있다 해도 비용이 만만치 않을 것이다.

"끝까지 이럴 거면 아까 경찰한테 나 숨어 있다고 말하지 그랬어?"

"그러게요. 그럼 벌써 다 해결됐을 텐데."

내가 끼어들자 선유가 열받은 표정으로 돌아보았다. 그러다 흠칫하며 나를 빤히 보았다. 나도 선유를 보았다. 그제야 기억이 났다. 선유는 나와 같은 오케스트라 4기였다. 같은 반인 적도 말한 번 나눈 적도 없지만, 가끔 시선을 끌던 아이였다. 나는 선유 눈빛을 무시하고 남자에게 물었다.

"바이올린 얼마 주고 샀어요?"

남자는 모르겠다며 고개를 흔들었다. 내가 봐도 되냐고 하자 남자는 망설이다 바이올린을 내밀었다. 나는 바이올린을 살펴보았다. 낡기는 했어도 잘 다듬어진 좋은 제품 같았다.

"얼마 정도 될까?"

선유가 풀 죽은 목소리로 물었다.

"한 이백?"

나라고 알 턱이 없지만, 떠오르는 대로 대충 대답했다.

"뭐? 이백만 원? 말도 안 돼. 딱 봐도 무지 오래된 거잖아. 봐, 이건 원래 있던 상처라고."

"좋은 바이올린에 난 상처는 가격을 상승시키는 조건이야. 그리고…… 중고는 백만 원 남짓한 가격에 괜찮은 거 살 수 있을지도 몰라."

언니 말에 선유 표정이 한결 가벼워졌다.

"그럼 누나가 알아봐 주라."

선유는 그 말을 틱 던지고는 도망치듯 공사장을 빠져나갔다. 햇살이란 남자도 부서진 바이올린을 안고 돌아섰다.

"햇살이 어쩌다 저렇게 변했지. 진짜 못 알아볼 뻔했어."

멀어지는 남자를 보며 언니가 중얼거렸다. 선유도 마찬가지였다. 초등학교 때 에너지 넘치던 아이가 아니었다. 침몰하는 배에 매달려 있는 것처럼 뭔가 위태로워 보였다.

"솔직히 말해요. 우리 오빠한테 빚진 거 있죠?"

언니가 내 볼을 꼬집는 시늉을 했다.

"내가 반말하라고 했지, 막말하라고는 안 했다."

"빚진 거 아니면 우리 오빠 핑계로 연주 팀 만들고 싶은 거네. 난 끌어들이지 마요, 절대 안 할 테니까."

"참 말 많네. 넌 무조건 앙상블 팀 합류야!"

"누구 맘대로요? 딱 보니, 음대 떨어지고 내년 입시 준비하면서 스펙 쌓으려는 것 같은데 이건 너무 허접하죠."

아무 말이나 지껄인 건데, 언니가 도끼눈을 뜨고 쏘아보았다. 제대로 찍은 모양이다.

"오빠는요? 오빠는 왜 앙상블을 만들려고 한 건데요?"

"궁금하면 팀에 들어와. 그럼 저절로 알게 될 테니까."

"됐어요."

"난 지금도 가루약 잘 못 먹어. 그런데 연주할 때마다 물 없이 가루약을 삼키는 것 같더라. 지루하고 어려운 클래식보다 빠른 비트의 가사 있는 음악이 훨씬 좋은데……. 그래도 이건 해야만 하는 일이야."

오케스트라 연주가 가루약을 삼키는 것 같았다면서 약을 향해 손을 내미는 이유가 뭘까? 오빠와 음악과 언니는 어떤 사연으로 꼬여 있어 앙상블 팀을 엮으려 안달하는 걸까? 나는 왜 언니가 내민 손길에 마음이 끌리는 걸까? 이제는 내 마음도 타인의 마음도 풀 수 없는 수수께끼 같다. 당분간은 언니 주변을 얼쩡거려야겠다. 아무래도 수수께끼를 풀 열쇠가 언니에게 있는 것 같으니.

"불확실한 미래도 잘 풀릴 거라 최면을 건다면, 잘 풀리게 되어 있어. 알겠니? 꼬맹아!"

언니가 또 내 볼을 꼬집었다. 자존심이 확 구겨졌지만 참았다. 미래에 최면을 건다……. 그 말이 묘하게 마음을 끌었기 때문이다.

"오빠가 너한테도 써먹었구나. 역시, 의좋은 남매라니까."

의좋은 남매? 쳇, 넘겨짚기는! 마음이 불편해진 나는 다른 쪽 길로 튀었다.

갑자기 최면을 걸고 싶어졌다. 오빠의 뇌가 다시 살아나기를, 정말 의좋은 남매처럼 좋은 오빠가 되어주기를. 오빠가 원하는 미래가 뭔지 몰라도 그 미래가 현실이 되기를……. 내가 왜 이러지? 오빠에 대한 애정도 기대도 없는데 오글거리는 감성에 빠지다니! 비올라의 정체만 알아내면 언니와의 연락도 기억공유도 끝내야 할 것 같다.

06

- 세 번째 접속 -

꿈의 무게

"어떤 철학자가 인생을 한 마디로 이렇게 말했어. 죽어야 산다. 그게 무슨 뜻인지 알겠냐?"

쇼펜하우어란 사람이 한 말이라는 건 알지만 뜻은 모르겠다. 나는 대답 대신 책상 위에 놓인 핸드폰 시계를 바라보았다. 성적 때문에 시작된 잔소리가 삼십 분째 이어지고 있다. 차라리 욕을 하며 고함치는 게 견디기 쉬울 것 같았다. 아빠는 이야기 중간중간 추임새처럼 한숨을 쉬었다. 쉽게 안 끝날 분위기다.

"먹이사슬처럼 누군가 죽어줘야 세상이 순환한다는 거지. 아빠가 매일 죽을 각오로 직장에서 버티듯 너도 그렇게 공부해야 하는 거야. 그래야 밥그릇 싸움에서 이길 수 있는 거라고."

말이 길어질수록 아빠의 주장이 삐거덕거렸다. 하지만 나는 잠자코 있었다. '죽어야 산다.'와 '먹이사슬.' 사람 관계가 먹이사슬처럼 수직으로 얽혀 있다면 인류가 번영하고 지적 문명이 발전할 수 있었을 거라 생각 안 한다. 오히려 그 반대였겠지. 쇼펜하우어란 철학자가 한 말의 진짜 의미가 뭘까. 언어에 진심을 담을 수 없듯 세상에는 의미를 알 수 없는 말이 너무 많다. 그래서 나는 입을 다물어버린다. 내 진짜 마음을 다 전달할 수 없을 것 같아서. 오해를 사는 것보다 무슨 생각을 하는지 모르겠다는 말을 듣는 게 차라리 편하니까.

얼마 전 학교를 뒤집어 놓았던 사건이 내 안에 잔잔한 분노로 남아 있다. 진짜와 가짜의 경계, 전달되지 못한 진심에 대해 고민하게 만든 사건이기 때문이다.

역사 선생님이 수업 시간에 '자본주의와 민주주의가 진정으로 평등과 인간의 존엄성을 지켜주는 제도인지 점검해 봐야 할 시점이다.'라고 말했다. 이 말을 누군가 부모님께 말했고, 부모는 교장 선생님을 찾아와 항의했다. 교사의 사상이 의심스럽다며 파면을 요구했다. 선생님은 그 말의 진짜 의미를 설명하며 해명했다. 하지만, 다른 학부모들까지 합세해 학생들에게 위험하고 불순한 사상을 심어주었다며 비난을 멈추지 않았다. 파면이 과하다는 입장도 있었다. 나무 한 그루만 보고 숲 전체를 판단하는 상황이라며 일부 교사와 학부모가 역사 선생님 편을 들어주었다. 하지만, 교장 선생님까지 문제 발언이라고 거들자 선생님은 결국 사직해야 했다.

파면을 요구한 어른들처럼, 아빠도 쇼펜하우어가 한 말의 진짜 의미는 관심 밖일지도 모른다.

쇼펜하우어의 통찰력으로 보자면 오케스트라의 철학자는 비올라다. 비올라는 죽어야 사는 악기니까. 비올라는 높은 곳에 올라 숲 전체를 탐색하는 것처럼 연주 전체를 들으며 자신의 역량을 조절한다. 완벽한 조화를 위해. 만약 다른 악기를 제치고 앞으로 나서면 연주는 골로 간다.

비올라는 바이올린과 탄생 년도가 비슷한 1500년도에 태어났지만, 오랜 세월 빛을 보지 못했다. 하지만 상관하지 않는다. 톡톡 튀는 매혹적인 음색으로 자신의 역량을 맘껏 발휘하는 바이올린과 달리 비올라는 묵직하게 자기 자리를 지키고 있다 빈 공간을 채우는 것으로 만족하며 다른 악기를 스타로 만들어준다. 그게 바로 내가 비올라를 좋아하는 이유다. 따뜻하고 부드러운 음색을 가진 비올라. 바이올린과 첼로의 중간 음역대로 여러 악기와 잘 어울리는 소리. 스펙을 자랑해야 살아남는 시대, 치열하게 경쟁해야 하는 시대에 비올라는 분명 어울리지 않는 악기다. 하지만 나는 그런 비올라가 좋다. 비올라에 대해 좀 더 일찍 알았더라면, 오케스트라 가입 신청서에 비올라를 선택했을 것이다. 그리고 어떻게 해서든 연주를 계속…… 할 수 있었을까.

"해준이 너의 가장 큰 문제가 뭔지 알아? 남들보다 더 잘해서 이겨야겠다는 근성이 부족하다는 거야. 애매하고 어정쩡한 성적으로는 미래를 보장할 수 없다고. 너희들을 제대로 못 키우면 내가 네 엄마를 어떻게 보겠냐?"

아빠의 말이 깊이 눌러 놓은 죄책감을 건드리며 브레이크를 걸었다.

엄마가 떠난 직후, 아빠는 잠들지 못했다. 잠들지 못할 때면 술을 마셨다. 술을 마시며 엄마 이야기를 했다. 엄마가 얼마나 무뚝뚝했는지, 얼마나 고집이 셌는지, 엄마의 엉뚱함과 세심함에 아빠가 어떻게 매료되었는지. 너무나 그리워 차라리 잊어버리고 싶은데, 아빠는 자꾸만 아픔을 끌어내 심장을 도려냈다. 술기운에 의지해 아빠는 잠들었지만, 나는 잠들지 못했다. 완전하다고 믿었던, 나를 품고 있던 성이 무너져버릴 듯 위태로워 두려웠다.

언젠가 할머니의 목소리에 눈을 떴다. 해민이는 이미 잠에서 깨어나 할머니를 노려보고 있었다. 나와 해민이를 맡아 키울 테니 새 출발하라는 할머니를. 아빠는 아무 말도 하지 않았다.

"아빠, 새 출발 하지 마. 우리랑 살아. 내가 크면 예쁜 할머니 소개해 줄게."

할머니가 돌아간 후 해민이가 울먹이며 말했다. 아빠는 슬프게 웃었다. 가늘게 떨리던 손, 나와 해민이를 바라보던 표정이 잊히지 않는다. 벌겋게 충혈된 눈동자에 수많은 감정이 소용돌이치는 느낌까지도.

그 후 아빠는 집에서 술을 마시지 않았다. 부서지고 금이 간성을 반듯하게 세우고 더 튼튼하게 보수했다. 슬픔에 흔들리지도 현실에 휘둘리지도 않았다. 그런데도 나는 아빠가 떠날까 두려웠다. 두려움을 누르는 방법은 최선을 다하는 것뿐이었다. 아빠의 세상에서 아빠가 원하는 아들이 되기 위해.

"이제 입시가 코앞이다. 앞으로는 죽었다 생각하고 공부만 해. 해민이처럼 시간 낭비하지 말고. 실패하면 외톨이가 되지만, 성공하면 친구도 저절로 붙는 법이야."

성공과 실패의 잣대를 대기에는 아직 이른 나이인데……. 내가 바라는 행복의 필요충분조건은 무엇일까. 음악일까? 모르겠다. 합주하고 싶은 내 마음이 온전히 해석되지 않는 한 음악이라고 확신할 수 없다.

내가 동생과 다른 점은 이것이다. 해민이는 자신이 어떤 사람인지, 무엇을 하고 싶은지 뚜렷하게 알고 있다. 그 욕구가 미운 오리를 만들거나 말거나 상관하지 않는다. 아빠 눈치도 보지 않고 속엣 말을 거침없이 표현한다.

중학교에 적응할 무렵부터 동생은 집에 붙어있는 날이 없었다. 점점 객식구처럼 굴던 동생은 며칠씩 세상을 헤매고 다니다 초췌한 모습으로 돌아왔다. 하지만 눈빛을 통해 느껴지는 자신감은 더 강해 보였다. 한참 뒤에 알게 되었다. 동생은 산을 오르기 위해 자전거로 춘천을 왕복하고, 배를 타고 부산을 갔다 오기도 하고, 제주도까지 돌고 왔다는 것을. 나는 중학교 때까지 혼자 지하철을 타 본 적도 없는데, 해민이는 찬바람을 맞으며 나보다 빨리 어른이 되어가고 있었다.

"입시전쟁, 입시지옥. 이런 말이 우리나라에만 있는 것 같지만, 지구상에 안 그런 나라 없어. 세계 주도권이 어디로 흐르는지만 봐도 알 수 있잖아. 선진국일수록 공부에 목숨 거는 법이야."

나는 알아들었다는 표정으로 고개를 끄덕여 보였다. 하지만 아빠의 잔소리는 세계를 한 바퀴 돌아 다시 내 문제로 돌아오려면 아직 멀었다.

아랫배에서 신호를 보냈다. 더는 참지 못하겠다는 듯 배를 움켜쥐고 슬쩍 일어났다. 아빠가 혀를 차더니 길게 한숨을 내쉬었다.

엄마가 돌아가신 후 대장이 문제를 일으켰다. 시간이 흐르면 괜찮아질 거라 기대했지만, 쉽게 나아지지 않았다. 성적에 영향을 미칠까 걱정하는 아빠 때문에 병원을 다녀봤지만 별 도움이 되지 않았다. 지금까지도 엄마 기일과 시험 기간에 더 심해지는 것으로 보아 내 정신 상태를 알아차리는 건 뇌가 아니라 대장인 것 같다. 아이들은 내 약점을 이용해 똥발이라고 놀리곤 했다. 하지만 정신줄 놓고 살던 내게 그깟 별명 따위는 아무것도 아니었다.

과민성대장증후군이 조용히 물러나 주는 유일한 순간은 음악을 들을 때였다. 해민이가 연주하는 비올라 소리를 들으면 내 안에서 차갑고 단단한 얼음덩어리가 조금씩 녹아내리는 기분이 들었다. 내가 얼마나 음악에 사로잡혔는지, 동생의 자리가 내 자리였으면 하고 바랐던 적이 얼마나 많았는지 모를 것이다. 아빠도, 엄마도, 해민이도.

이제 해민이는 연주를 하지 않는다. 얼마 전 해민이가 베란다 창고에 처박아 둔 비올라를 꺼냈다. 오랜만에 'The poet in my heart.'를 연주했다. 여행 중 느꼈던 손가락의 감각이 되살아났다. 손가락뿐 아니라 모든 세포가 음악을 간절히 원하고 있었다.

변기에 앉아 손끝의 굳은살을 엄지손가락으로 꾹꾹 눌러보았다. 아린 통증이 기분 좋았다. 아빠가 없을 때면 비올라 연주를 했다. 손끝의 굳은살이 더 단단해졌다. 딱딱한 손끝의 감촉을 느끼자 갑자기 미치도록 연주를 하고 싶었다.

내가 화장실에서 나왔을 때 아빠는 거실에 없었다.

'자신의 약점을 어떻게 다스리느냐에 따라 삶이 달라질 수 있습니다. 건강한 삶을 위한 가장 기본적인……'

안방에서 목소리가 흘러나왔다. 아빠가 텔레비전을 틀어놓고 잠이 든 모양이었다. 엄마의 병이 시작된 시기부터 아빠는 온갖 의학 전문 프로그램을 찾아보곤 했다. 그때의 습관이 아직까지 아빠 삶의 일부가 되었다. 안방으로 들어가 텔레비전을 끌까 하다 조용히 내 방으로 들어갔다.

나는 침대에 누워 천장을 보았다.

눈을 감으면 여행지에서의 벅찬 순간이 보이는데, 눈을 뜨면 아무것도 보이지 않았다. 다시 눈을 감았다. '신이 잠든 사이에', 'The poet in my heart.' 그 순간의 음악이 내 안에 스며들었다. 세포와 근육이 느슨하게 풀어지고 있었다.

까무룩 잠이 몰려왔다. 약점을 다스린다! 안방에서 들렸던 내레이션 목소리가 잠기운을 비집고 떠올랐다. 약점을 다스린다고? 엄마를 잃은 것도, 의지박약도 내게는 모두 약점이다. 눈을 감은 채 약점을 어떻게 다스려야 할지 생각해보았다. 아무리 고민해도 '어떻게'에 해당하는 답을 찾을 수 없었다. 어쩌면 이 질문에 대한 답은 처음부터 없을지도 몰랐다. 약점은 끌어안고 가야 할 뿐 극복할 수도 다스릴 수도 없는 거니까. 하지만 연주에 대한 꿈은 너무 부풀어 끌어안고 있을 수만은 없었다.

며칠 후 세은이에게 연락했다. 세은이는 오늘도 짙은 화장을 하고 나타났다. 번화한 대로를 피해 골목 끝에 보이는 편의점으로 세은이를 끌고 갔다. 우리는 음료수를 하나씩 들고 야외 의자에 앉았다. 세은이가 나를 빤히 쳐다봤다.

"해준이 넌 모범생이 어울려. 모범생한테는 공부가 필수고."

"할 거야, 공부."

"연주도 하고 공부도 하고? 욕심 많네. 그런데 왜 그렇게 팀을 만들고 싶어 안달이야? 혼자 연주하면 되잖아."

웬 뚱딴지같은 소리람. 며칠 전 간단명료하게, 열정을 다해 프리센 섬 연주 실황을 들려주었건만. 내가 어이없다는 듯 빤히 바라보자 세은이가 아아~ 프리센 섬하며 고개를 끄덕였다. 나는 잠깐 생각에 잠겨 있다 입을 열었다.

"시간이 흐를수록 더 확실해졌어. 음악을 향한 무게가 가볍지 않다는 거."

"전에도 말했을 텐데."

오케스트라 단원 중 내 문자를 받고 나온 유일한 사람, 한세은. 그때 세은이는 단원들에게 전화하다 갑자기 멍하게 앉아 있었다. 상처받은 얼굴로.

"꿈도 꾸지 말아야 할 일은 꿈꾸지 않는 게 정신 건강에 좋겠다."

그러고는 붙잡을 사이도 없이 휙 가버렸다.

"해명이라도 들어야겠어. 그때 왜 갑자기 가버린 건지."

"넌 음악을 향한 꿈이 헤비급일지 모르지만, 난 음악에 꿈이 없어. 그러니 꿈은 너 혼자 꿔."

세은이는 학원 가야 할 시간이라며 일어섰다. 나는 이번에도 붙잡지 못했다. 어설픈 말로는 세은이를 설득할 수 없을 거란 생각이 들어서였다. 비장의 무기가 필요했다. 이대로는 내 계획이 한 발짝도 내딛지 못하고 제자리걸음만 걸을 것 같았다.

07
햇살이 눈부신 날

　사고의 진실은 내게서도 아빠를 통해서도 아직 확인되지 않았다. 의사는 최근의 기억이 훼손될 가능성에 대해 언급하며 좀 더 지켜보자고 했다. 어쩌면 무의식 속에서도 사고의 순간을 기억하고 싶지 않을 수 있다고 했다. 의사의 말이 맞는다. 훼손인지 망각인지 모르지만, 오빠의 기억은 왜곡됐다. 내가 어떤 사람인지, 무엇을 하고 싶은지 뚜렷하게 알고 있다니. 근거 없는 오해를 어쩜 그렇게 확실하게 하고 있는지! 오빠가 깨어나면 이 문제에 대해 얘기를 좀 해봐야겠다. 그럴 기회가 있다면…….

　세 번째 접속 이후 오빠 생각에 빠져 있을 때가 많았다. 내가 제일 싫어하는 인간형이 만화 속 캔디 같은 사람이다. 괴로워도 슬퍼도 절대 울지 않는다니! 그게 사람이 할 짓인가. 괴로우면 괴로워하고, 슬프면 슬퍼하고, 화가 나면 화를 쏟아내고 툴툴 털어버리는 게 낫지. 감정이란 게 쉽게 털리는 성질이 아니지만, 그래도 난 어두운 감정을 감추고 칭찬에 굶주린 오빠처럼 살진 않았다. 아빠가 술에 쩔어 엄마 잃은 상처에 소금을 뿌릴 때 왜 쓰리다고 말하지 못했는지, 폭력적인 잔소리를 늘어놓을 때 왜 한 번도 말대꾸를 못 했는지. 속이 부글부글 끓었다.

내가 오빠의 자리를 탐했던 것처럼 오빠도 내 자리를 바랐다니……. 그것도 음악 때문에. 아이러니다. 하지만 그것보다 더 아이러니한 건 내가 처박아둔 비올라가 오빠에게는 헤비급 꿈을 이루는 도구였다는 거다.

비올라의 수수께끼가 풀렸지만, 오빠와 비올라의 정체를 알고 나니 마음이 더 복잡해졌다. 난 그동안 무엇을 보고, 무엇을 듣고, 무엇을 알고 있었던 걸까. 오빠에게, 아니 삶에게 뒤통수를 세게 얻어맞은 느낌이다. 두려웠다. 오빠에게 자살 의도가 있었을까 봐. 현실적으로 그럴 가능성이 희박하다는 건 안다. 자신이 바라던 일을 눈앞에 두고 자살을 선택할 사람은 없을 테니까. 하지만 오빠의 마음이 어디로 흘러갈지 알 수 없는 상황에서 어떤 것도 장담할 수가 없다.

센 강 공사장으로 가다 시간을 확인했다. 손에 들린 상자가 거추장스러웠지만, 버스 정류장으로 방향을 돌렸다. 길이 막히지 않는다면 병원을 들를 여유는 있었다.

중환자실 입구에 햇살이란 남자가 서 있었다. 못마땅한 표정으로 남자의 뒷모습을 주시하고 있던 간호사가 남자를 가리키며 아는 사람이냐고 물었다.

"병실에 잠깐 들어가서 연주만 하고 나오겠다는 거야. 안 된다고 했더니 한 시간째 저러고 서 있어."

　남자 손에는 바이올린이 들려있었다. 테이프로 여기저기 붙인 상처투성이 바이올린이. 저 바이올린에서도 소리가 날까 싶었다.

　나는 우연과 필연에 대해 생각했다. 우리 인생에서 그 두 가지가 작용하는 분량이 정해져 있는지. 우연과 필연이 결정되는 것도 우연일 뿐인지. 아니면 신의 섭리나, 우주의 질서가 규정해 놓은 원리인지. 자연도 법칙에 따라 움직이는데, 인간의 삶이 아무렇게나 던져진 주사위에 따라 선택될 리 없지 않을까. 그렇다면 오빠의 사고는? 자살 의도가 없었다면, 오빠와 트럭이 같은 시공간에서 부딪힌 일은 어떻게 해석해야 할까. 고모 말대로 삶을 주관하는 누군가가 장난을 치고 있는 걸까. 저 남자는 오빠와 어떤 필연으로 얽혀 있기에 병실 앞을 서성이고 있을까. 누구에게서도 명쾌한 답을 들을 수 없는 질문들이 머릿속을 어지럽혔다. 나는 내 손에 들린 상자를 내려다보았다. 어쨌든 우연이든 필연이든 타이밍은 나쁘지 않았다. 저 남자를 마주친 것도, 그의 바이올린을 보게 된 것도.

　"오빠 상태는요?"

　"아직. 조금 있으면 아빠 나오시겠다."

　간호사가 고개를 젓고는 말했다.

　"아빠가 왜요? 기억공유 날짜가 바뀐 거예요?"

"몰랐어? 아빠 매일 오셔. 오늘도 의사 선생님과 면담 중이야."

남자가 몸을 돌려 엘리베이터 앞으로 갔다. 간호사에게 인사하고 나도 엘리베이터 쪽으로 갔다. 아빠와 마주치고 싶지 않았다. 오빠를 어떻게 아냐고 남자에게 물어보려는데 엘리베이터 문이 열렸다. 서너 명이 내리고 남자와 내가 엘리베이터에 올랐다. 3층에서 엘리베이터 문이 닫히기 전 누군가 급히 들어왔다. 아빠였다. 아빠는 이 시간에 왜 여기 있냐고 물었다. 나는 대답을 얼버무리고 남자에게 눈길을 돌렸다.

"정해진 시간 외에는 가족도 들어갈 수 없어요."

남자는 반응이 없었다. 엘리베이터는 2층을 지나쳐 1층에 도착했다. 문이 열리기 직전 남자가 중얼거리듯 말했다.

"보여주고싶었어.깨진바이올린으로도연주할수있다는걸."

남자는 고개를 숙여 보이고는 엘리베이터를 빠져나갔다. 아빠에게 인사한 것인지 내게 아는 체를 한 것인지 알 수 없었다.

"태워주마."

아빠가 내 손에 있는 상자를 보며 말했다. 내가 내리려 하자 아빠가 닫힘 버튼을 눌렀다. 아빠 차를 타고 싶지 않았지만 이미 엘리베이터는 지하를 향해 내려가고 있었다.

"너도 아는 사람이냐?"

차에 오르자마자 아빠가 물었다. 뉘앙스로 보아 아빠도 안면

이 있는 듯했다.

"넌 저런 사람하고 가까이 지내지 마라."

"왜? 행색이 형편없어서?"

아빠가 남자를 보던 표정이 떠올라 시비조로 대꾸했다.

"개성도 개성 나름이지 꼬락서니가 저게 뭐냐? 네 오빠가 저런 애와 어울렸다니 잠깐 정신이 나간 모양이다."

아빠는 알고 있었구나. 저 남자와 오빠의 관계를. 아빠 잔소리가 말꼬리를 이으며 길어지고 있었다. 괜히 탔다.

"차림새는 그 사람의 정신 상태를 비추는 거울이야. 단정하지 못한 건 정신도 건강하지 못하다는 거고. 그러니 너도 옷차림에 신경 좀 써라. 매일 청바지에 칙칙한 옷만 입지 말고."

"아빠 말은 내용물 보다 포장이 더 중요하다는 거지?"

내 빈정거림에 아빠 얼굴이 붉으락푸르락해졌다. 나는 아랑곳하지 않았다. 오빠의 몫까지 다 퍼붓고 싶었다.

"왜 모든 사람을 아빠 눈에 맞춰 편집하고 평가하고 단정 짓는 건데? 내가 보기에 아까 그 남자는 오빠에게 진심이었어. 아빠 눈에는 안 보였겠지만."

아빠가 나를 돌아보는 바람에 차가 휘청했다.

"오빠 사고, 아빠도 나 때문이라고 생각하지?"

"그게 무슨 소리냐?"

"할머니가 그랬잖아. 나 정신 차리라고 오빠가 비올라를 샀고 그 때문에 사고 난 거라고. 고모까지 그런 식으로 말했다고.”

“해준이가 널 위해 비올라를 산 것 같다고 했지, 사고가 네 책임이라고 하진 않았다.”

“그게 그거지. 차 세워줘.”

나는 안전벨트를 풀었다. 아빠는 속도를 더 높였다.

“차 세우라고!”

나는 고함과 함께 차 문을 열었다. 그때였다. 세상이 비틀리는가 싶더니 내 몸이 패대기쳐졌다. 낯선 비명, 날카로운 마찰음, 공포 가득한 아빠의 고함. 광고의 한 장면이 떠올랐다. 사람 몸이 회색 허공에 던져진 채 멈춰 있는 영상. 우연이든 필연이든 또다시 일어난다면…… 휘둘리던 몸이 앞으로 고꾸라지려는 찰나, 무언가 내 어깨를 후려쳤다. 그 바람에 뒤로 자빠지며 등이 시트 등받이에 부딪혔다.

아빠가 괜찮으냐고 물었다. 목소리가 덜덜 떨렸다. 나는 겨우 정신이 들었다. 왼쪽 어깨에 통증이 느껴졌다. 아빠 손이 어깨를 억세게 누르고 있었다. 나는 자세를 바로잡으며 아빠 손을 신경질적으로 밀쳐냈다.

“다치든 말든 상관 마. 내 인생이야.”

“뭐……, 네 인생?”

“웃겨! 이제야 아빠 노릇 하려고? 늦었어. 난 이제 아빠 필요 없거든.”

나는 차 문을 열고 밖으로 나왔다. 우리 차 한쪽 앞바퀴가 횡단보도를 지나 인도에 걸쳐 있었다. 아빠가 아니었다면 내 몸은 차 앞 유리를 부수고 튕겨 나갔겠지. 순간 아찔한 생각이 들었다. 내가 내린 후에도 아빠는 출발하지 않았다. 경적을 울려대는 차들을 무시한 채 그대로 서 있었다. 나는 아빠에게 후들거리는 다리를 들키지 않으려 애쓰며 골목 안으로 들어갔다.

　남자는 센 강 공사장에 있었다. 쭈그리고 앉아 바닥을 내려다본 채 꼼짝도 안 했다. 오빠에 대해 물을까 하고 다가가다 멈춰섰다. 그에게 호기심이 생겼다. 어쩌면 부서진 바이올린을 품에 안았을 때부터 끌리고 있었는지 모른다.

　나는 남자를 관찰했다. 깊은 생각에 빠진 건지, 그냥 멍 때리고 있는 건지 알 수 없었다. 지루하고 답답한 마음이 호기심을 넘어선 시점, 더는 안 되겠다. 듬성듬성 땅 위로 솟아 있는 잡초로 눈길을 돌렸다. 차라리 바람에 흔들리는 초록 잎을 보는 게 나을 것 같았다.

　"하이! 해민. 오늘은 왜 보잔 건데? 어, 햇살도 왔네?"

　반가움이 묻은 세은이 언니 목소리가 칙칙한 공기를 바꾸었다. 나는 손을 흔들려다 왠지 어색해 얼른 내렸다. 남자는 언니를 슬쩍 올려다보고는 그대로 있었다.

　"할 말이 뭔데 뜸을 들여?"

언니가 남자와 나를 번갈아 보며 물었다. 그때, 누군가 뛰어오는 소리가 들렸다. 숨을 고르는 선유에게 남자가 달려들었다.

"바이올린은?"

"조금만 기다려. 너 때문에 꼭두새벽부터 알바하다 왔다고."

선유가 남자의 손을 치며 성질을 냈다. 남자가 주춤거리다 선유에게서 물러났다. 선유가 오던 길을 돌아보며 시간을 확인했다. 피시방에 다시 들어가야 한다며 초조해했다.

나는 언니를 힐끔 보고 옆에 놓인 상자를 열었다. 모두의 눈이 상자 안으로 쏠렸다.

"어! 이거 바이올린이잖아."

선유 말에 쪼그려 앉아 있던 남자가 튕기듯 일어났다.

히말라야 여행을 위해 모으고 있던 통장을 다 털었다. 바이올린을 사고 나니 컵라면 하나 살 돈밖에 남지 않았다. 내년이면 보호자 동의 없이 모든 나라를 여행할 수 있는 나이가 되는데……. 바이올린 산 게 잘한 건지 모르겠다. 복잡한 얼굴로 새것이냐고 묻는 선유를 향해 어깨를 으쓱해 보였다.

"새건 아닌데, 상태 좋네. 오! 해민이 너 동작 빠르다. 내가 구해보려 했는데."

언니가 대견하다는 듯 내 머리를 흐트러뜨렸다. 겨우 세 살 많으면서 대놓고 나를 어린애 취급한다. 내게 오빠가 아니라 언니가 있었다면 어땠을까. 세은이 같은 언니라면……. 안 봐도 뻔하다. 온갖 간섭에 잔소리까지. 아, 상상만으로도 짜증 난다.

남자가 바이올린을 향해 손을 내밀었다.

"조건이 있어."

남자는 멈칫하고, 선유는 입술을 일그러뜨리며 나를 힐끗 보았다. 고맙다고 안 하길 잘했다는 표정이었다.

"알아. 돈 갚으라는 거잖아. 누가 떼먹는대?"

"그게 아니고, 우리 팀에 들어와라."

내가 말했다. 언니가 놀란 표정으로 나를 보았다.

"팀?"

"나랑 언니랑 팀원 모으는 중이었어."

처음엔 오빠가 음악을 간절히 원했다는 게 믿어지지 않았다. 아빠와 보이지 않는 갈등도 전혀 눈치채지 못했다. 내가 마음 내키는 대로 말하고, 행동하고, 밖으로 돌 때, 오빠는 내 몫까지 아빠의 기대에 부응하기 위해 발버둥 치고 있었다.

사고의 진실을 넘어 오빠에 대해 더 알고 싶었다. 인터넷에는 정보가 없고, 기억공유를 의지하기에는 마음이 급했다. 세은이 언니가 술술 말해주지 않을 테니 방법은 하나, 호랑이를 알려면 호랑이 굴로 들어갈 수밖에. 바이올린은 꽤 비싼 미끼였다.

남자가 케이스에서 바이올린을 꺼냈다. 손길이 너무 조심스러워 갓 태어난 강아지를 들어 올리는 것 같았다. 바이올린을 들고 올 때까지만 해도 걱정되던 것이 있었다. 혹시 부서진 바이올린에 사연이 있는 건 아닐까. 조상 대대로 내려오는 가보라거나 아빠가 돌아가시면서 남기신 유품이라거나. 만약 그렇다면 계획이 틀어질 수도 있었다. 하지만 남자의 눈빛을 보니 기우인 게 확실했다. 뇌가 드라마에 길들었나 보다.

"좋아, 앙상블 다시 결성하자. 이번엔 제대로 해보는 거야."

언니가 짝짝 손뼉을 쳤다. 다시 결성한다니, 그렇다면 언니, 선유, 햇살이란 남자까지 원래 멤버였던 건가? 나도 모르게 눈에 힘이 들어갔다. 지금까지 상황을 보면 결국 오빠는 앙상블을 엮는 데 성공했고, 이 세 사람이 멤버라는 건데……. 견원지간 같은 선유와 남자가 어떻게 연주했을까 궁금했다. 아마도 셋만 아는 스토리가 있겠지. 이들과 가까워지면 사고의 단서와 오빠에 관한 정보도 건질 수 있겠지.

"바이올린 놓은 지가 언젠데. 그리고 지금도 악기 같은 거 없어."

선유가 뚱하게 말했다.

"걱정은. 이 누나한테 노는 바이올린 있잖아. 이번에도 그걸로 하면 되지."

"됐어. 그냥 돈 갚을게."

남자가 바이올린 줄을 튕겨 소리를 냈다. 세 사람의 눈이 바이올린에 쏠렸다. 남자는 팩(줄감개)을 하나하나 돌려 소리를 조율했다. 활을 꺼내 들더니 줄에 갖다 대며 소리를 확인했다. 입꼬리가 살짝 올라갔다. 이 사람도 웃을 수 있는 사람이었구나. 웃음 띤 얼굴이 너무 천진해 다른 사람 같았다.

"으악! 늦었다."

선유가 시간을 확인하고는 오던 길로 달려갔다.

남자가 바이올린을 켜기 시작했다. 이런 곳에서 연주라니, 어처구니가 없었다. 언니는 기대에 찬 표정으로 남자를 바라보았고, 나도 곧 연주에 빠져들었다. 달리던 선유의 발이 멈추었다. 선유는 무언가 잃어버린 표정으로 돌아서더니 우리 쪽으로 되돌아왔다.

남자의 손가락이 빨라지자 고음에서 리듬이 몸부림쳤다. 어수선하고 황량하기만 했던 공사장에 다른 세상이 펼쳐지고 있었다.

뜨겁게 내리쬐이는 태양의 열기가 점점 사그라졌다. 하늘에 먹구름이 자욱하게 몰려들었다. 두두둥 두두둥. 두둥 두둥 두둥. 둥둥둥둥둥둥둥둥. 다가오는 북풍의 발자국 소리, 묵직하고 위협적이다. 어린 나는 몸을 움츠리고 피할 곳을 찾느라 발을 굴렸다. 커다란 손이 허공에서 나를 안아 올렸다. 나는 단단한 품에서 아빠를, 나와 어둠을 응시했다. 어둠은 어둠에게 다가갈 수 없다.

기억공유를 시작한 이후 아빠는 자꾸 내 곁을 맴돌았지만, 나는 차갑게 돌아섰다. 아빠의 욕심이 오빠를 힘들게 만든 것 같았다. 나와는 다른 방식으로 고통스러웠을 오빠를 생각할 때마다 아빠가 원망스러웠다. 어젯밤, 잠결에 이상한 소리가 들렸다. 신음 같기도 하고 울음소리 같기도 했다. 소리는 화장실에서 새어 나왔다. 살짝 열린 문틈으로 화장실을 들여다보았다. 아빠가 욕조를 붙잡고 어깨를 들썩이고 있었다. 한 손에는 칫솔을 든 채. 울음소리를 삼키느라 아빠 목구멍에서 끅끅 소리가 났다. 어른인 체하느라 제대로 울지 못했는데, 참았던 눈물을 쏟는 모양이었다. 하지만 아빠는 여전히 속 시원히 울지 못했다.

음 하나하나가 허공으로 날아오르다 회색 구름 사이로 사라졌다. 구름이 무게를 이기지 못하고 눈송이를 쏟아냈다. 바람 한 올 없이 흩날리는 눈송이. 둥. 둥. 둥. 리듬이 심장을 두드렸다.

가슴이 쓰렸다. 상처에 소독약을 부은 것처럼 따갑고 쓰라렸다. 지금까지 내 상처만 보였고, 내 상처만 아팠는데 가족의 상처가 느껴졌다. 엄마의 죽음 이후 아빠도, 오빠도, 나도 뒤틀린 세상에서 균형을 잃었다. 그래서 더 아빠의 욕심이 용납되지 않았다. 오빠의 사고로 겨우 버텨오던 우리 가족은 무너져버렸다. 그건 내가 아니라 아빠 탓이다.

바이올린의 화려하고도 경쾌한 음색이 힘차게 날아올랐다. 무겁게 짓눌렸던 감정이 순식간에 바뀌었다.

햇살이 간질이듯 눈을 비추자 세상은 반짝인다. 뛰어나온 아이들이 꽁꽁 언 얼음 위를 뒤뚱거리며 달렸다. 아이들을 따라 나도 달리고 바람도 달리고 웃음도 달리고. 파란 입술 사이로 이가 다다닥 부딪혀도 저녁의 식탁처럼 따뜻했다. 순식간에 나를 끌어안은 어둠이 눈송이에 파묻혔다.

아! 내 입에서 탄성이 터졌다. 명치끝에 걸려 있던 무언가가 쑥 내려가는 것 같았다. 남자의 연주는 겨울의 정점에서 긴 여운을 남기고 사라졌다.

여름에 듣는 비발디의 사계 중 겨울 1악장.

변화 없는 말투와 표정과는 다른 연주. 남자의 바이올린은 다양한 빛깔로 비발디의 겨울 풍경을 들려주었다. 비발디가 바라본 겨울의 감흥에서 깨고 싶지 않았다.

"확실해? 앙상블 팀 재결성."

정적을 깬 목소리의 주인공은 선유였다.

"어, 너 간 거 아니었어?"

내가 물었다. 선유는 미적거리며 말없이 서 있었다. 남자의 연주가 선유의 감성을 깨운 걸까?

"팀에 들어가기만 하면 되는 거냐고."

"물론이지."

언니가 얼른 대답했다.

"와! 선유 너, 이 아저씨 연주 실력에 넘어온 거야? 하긴 나도 엄청 비싼 공연장에 앉아 있는 것 같았다니까!"

내가 감동한 표정을 감추지 않고 말했다.

"푸핫! 아저씨가 뭐야, 얘 해준이랑 동갑이야. 오빠라고 불러. 선유 넌 형이라고 하고. 알았어?"

"형은 무슨!"

선유가 이죽거리자 언니가 선유 등을 팡 쳤다. 선유는 오만상을 쓰다 아차 하는 표정으로 일터를 향해 허겁지겁 달려갔다.

남자가 무표정한 얼굴로 바이올린을 쓰다듬고는 다시 어깨에 올려놓았다. 나도 언니도 작은 연주회장을 떠날 생각을 하지 않았다. 나는 오빠를 떠올렸다. 바이올린 선율 위에 비올라 소리를 얹고 싶어 할 오빠의 간절한 마음이 느껴졌다. 오빠가 연주하는 상상을 하다 문득 음악의 비밀을 깨달았다. 마음으로 소리를 들을 수 있듯 연주도 마음으로 할 수 있다는 걸. 그렇다면 잠든 오빠의 세상에서도 연주가 가능하지 않을까. 말도 안 되는 기대라는 걸 알지만, 자꾸 그 생각에 머물고 싶었다.

언니가 스러지는 해를 바라보며 가슴에 두 손을 얹었다. 그러고는 감탄사처럼 내뱉었다.

"아! 햇살이 눈부신 날이야."

08
- 네 번째 접속 -
외계인의 언어

"야! 똥발, 뭔 사색을 그리 대놓고 하냐."

화학 보충 수업 중이었다. 아이들 대부분이 꾸벅거리다 담임 선생님 호통 소리에 놀라 고개를 들었다. 나도 모르게 뿌연 안개 속을 걷는 것처럼 멍해진다. 겨우 찾은, 팽팽하게 당겨졌던 줄을 놓자 의욕도 없고 재미도 없다. 포기하면 편해질 줄 알았는데⋯⋯. 헤비급이라도 망상에 가까운 꿈은 현실에서 이루어질 수 없나 보다.

"또 대답 안 한다. 똥발 대답할 때까지 수업 중지."

"인간은 뭔가, 왜 살아야 하나 그런⋯⋯, 한 마디로 삶의 본질에 대해 고민 중이었어요."

"하이고, 그래도 입은 살았단다. 너희 같은 고딩은 대학 가려고 사는 거지, 인마."

담임은 어이없는 웃음을 날리고, 아이들은 키득거렸다.

"대학 못 가면 우리 다 죽어야겠네요?"

맨 뒤에 앉아 있던 여자애가 발끈하며 물었다.

"그래, 이놈아! 오죽하면 입시라는 말 뒤에 전쟁이란 무시무시한 단어가 따라오겠냐?"

"제가 증명해 보일게요. 공부로 성공하는 시대는 끝났다는 걸."

"그래, 꼭 증명해라."

담임은 너털웃음을 터뜨리고는 우리를 물끄러미 보았다.

"너희들이나 나나 참! 여름방학에 좁은 교실에 붙어 앉아 뭐하는지 모르겠다. 넘어진 김에 쉬어 간다고, 우리 머리도 좀 쉬자."

담임은 음악을 들려주었다. 음악에서 필사적으로 도망치는 중인데, 하필…….

"이 곡 제목이 뭔지 아나?"

"어…… 많이 들어본 음악인데. 맞다, 숭어."

바가지머리 여자애가 중얼거리다 의기양양하게 대답했다.

"숭어가 아니라 송어야."

바가지머리가 나를 째려보았다.

"송어나 숭어나 그게 그거지."

"똥발이 말이 맞는다. 숭어는 바다에서 놀고, 송어는 강물에서 논다. 노는 물이 다른데 어떻게 같은 어류가 될 수 있겠냐?"

심장이 음악 속으로 끌려들어 갔다. 넋 놓고 있다 우연히 첫사랑을 만난 느낌이랄까.

"아직도 숭어라고 알고 있는 사람들이 있더라. 일제강점기 때 엉터리로 가르친 걸 계속 진리라고 믿고 있는 거지. 일본말의 잔재가 남아 있듯, 그러니까 애창곡 대신 18번이라고 하거나 원앙부부를 잉꼬부부라고 하는 것처럼 말이다. 슈베르트는 오스트리아에서 태어나고 자랐는데, 거기에는 바다가 없어. 그러니 숭어가 없는 게 당연하겠지. 본적도 없는 대상을 어떻게 생명력 넘치는 음악으로 표현할 수 있겠냐? 이 곡이 우리나라에서 이름을 제대로 찾은 건 나라를 되찾고도 한참 지나서였다."

선생님은 배울 점이 많은 음악가라며 슈베르트의 삶과 음악 세계를 장황하게 설명했다.

"선생님! 화학 시험에 음악 문제도 나와요?"

전교 1등이었다. 기를 쓰고 공부해도 따라잡을 수 없는 AI 같은 존재. AI는 담임이 가끔 엉뚱한 이야기에 필 꽂힐 때 꼭 딴지를 건다.

"그래 나온다, 이놈아! 화학 시험에 음악 문제 나오면 안 된다는 법이라도 있냐?"

담임은 AI를 짠한 표정으로 바라보다 계속 슈베르트를 찬양했다.

"슈베르트는 32년 동안 가난에 찌들어 살았다. 게다가 수많은 병과 싸우다 일찍 세상을 떠났지. 그가 달콤하고 생기 넘치는 선율을 음악으로 표현한 건 마음속에 감추어 둔 어두운 방 때문이 아닐까 싶다. 가난과 병이 슈베르트의 두려움이었다면, 그는 음악으로 두려움을 극복한 거지."

남에게 들키고 싶지 않은 비밀스러운 방. 내게도 있다! 하지만 두려움을 극복하고 싶지 않다. 그러려면 아빠와 싸워야 한다. 음악을 포기한 지금 난 무거운 갑옷을 벗어 던진 기분이다.

대부분 아이들은 다시 꿈속에서 헤매거나 쪽지를 주고받거나 주요 과목 문제를 풀었다. 하지만, 내 귀는 선생님의 모든 말을 흡수했다.

"상상력이란 걸 발휘해보자. 한류 열풍이 인간세계를 넘어 다른 행성에까지 불었어. 화성에 사는 외계생명체가 K팝에 푹 빠져서는 우리말까지 익혔단 말이야. 문법과 표현력도 완벽하게. 어느 날 외계인이 한국을 방문했어. 너희들을 만났다면 뭐라고 하겠냐?"

"불쌍하다고 했겠죠. 공부에 찌들어 산다고."

"화성에는 생명체가 없어요. 이미 오래전에 밝혀졌는데."

몇몇 아이가 대답했다.

"음……, 내가 너무 멀리 갔나 보다. 좋아, 다른 표현으로 물어보자. 외계인이 우리 말을 할 수 있다고 해도 서로 소통할 수 없다. 왜 그럴까?"

"사고방식이나 문화가 달라서 아닐까요?"

내 대답에 선생님이 '빙고'를 외쳤다.

"너희가 조선 시대로 가서 인공위성과 휴머노이드와 인터넷에 대해 설명하면 그들이 알아먹겠냐? 삶의 방식이 다르면 서로 이해하기 힘들지. 그런데 말이다, 같은 문명권에 사는 우리도 서로 외계인일 수 있다. 각자 자기 마음속에 사는 한 우린 서로 외계인인 거다. 슈베르트도 어두운 방 안에 숨어만 있었다면 외계인이 되었을 거고. 결론적으로다가 내가 하고 싶은 말은 지식도 정보도 변한다는 거다. 숭어가 송어로 바뀌듯 천동설이 지동설로 바뀌듯 너희들이 달달 외우고 있는 진리가 영원하지 않다는 거지. 세상은 하루가 다르게 변하고 가치도 다양해지고 있다. 내가 아는 진리만 진리라고 믿는다면 마음속 방에 갇히거나 그 안에서 가짜 평안을 누리는 거야. 그렇게 외계인이 되는 거지."

종이 울렸다. 담임선생님은 한 손을 들어 보이고는 교실 문을 나갔다.

"그래서 어쩌라고. 공부를 하라는 거야 말라는 거야?"

"가짜든 뭐든 평안하기만 하면 되지 뭐."

아이들이 투덜거렸다.

선생님 말대로 진리라고 믿는 것을 의심하는 것, 그게 방 문을 열고 세상과 소통하는 첫 단계가 아닐까. 그런 의미에서라면 '불변의 진리'란 말이 가장 위험한 단어인지도 모른다.

하지만, 진리를 의심할 만큼 우리 삶은 여유롭지 않다. 평안이 진짜인지 가짜인지 분별할 겨를도 없다. 우리에겐 진실보다 현실이 더 중요하다. 애써봐야 아무 소용없는 꿈, 그것을 확인하는 과정에서 에너지만 낭비했다. 아빠가 외계인이라 해도, 아니 내가 외계인이라도 상관없다. 나는 경쾌한 걸음으로 화장실을 다녀왔고, 친구들과 말장난을 했다. 평안은 뭔가를 포기했을 때도 찾아오는 법이다.

하지만 시간이 지날수록 한쪽 마음이 시비를 걸었다. 그 마음은 밀어낼수록 나를 코너로 몰았다.

슈베르트의 두려움.

소통 불가능한 외계인.

가짜 평안.

그리고…… 신이 잠든 사이에.

세은이의 말이 떠올랐다. 음악에 꿈이 없다는. 이제야, 그 말의 진짜 의미를 알 것 같았다.

09
가족의 명장면

집은 비어있었다. 가방을 놓자 마다 베란다 창고에서 비올라를 꺼내왔다. 손끝에 닿는 비올라의 감촉이 반가웠다. 책갈피에 끼워둔 채 잊어버리고 있던 용돈을 발견한 느낌이랄까. 손가락이 서서히 기억을 따라 움직이기 시작했다. 시간이 흐르는 것도 모른 채 연주에 몰입했다.

방에서 나왔을 때, 아빠가 식탁에 앉아 있었다. 아빠는 나를 보더니 낮고 슬픈 목소리로 말했다.

"너도 알고 있었냐? 네 오빠가 음악에 빠졌던 거."

나는 주먹을 꼭 쥐었다. 질문의 의도가 뻔히 보였다.

"해준이가 잠깐 일탈하고 싶었던 모양이야."

"아빠도 알잖아. 일탈이 아니라는 거. 오빠는 때를 기다린 거야."

아빠는 말없이 나를 바라보았다. 흰머리가 언제 저렇게 늘었을까. 나도 실망시키고 싶지 않았다. 엄마 역할까지 하며 직장에서 죽을 각오로 버틴다는 아빠를. 오빠도 이런 마음으로 참았던 거겠지. 착한 아들이라는 가면을 벗어버리고 싶을 때가 얼마나 많았을까.

식탁으로 가서 아빠와 마주 보고 앉았다. 아빠가 복잡한 눈으로 나를 보았다. 나는 아빠 얼굴을 보며 또박또박 말했다.

"난 오빠와 달라. 아빠 허락이나 받으려고 기다리지 않을 거라고."

"너도 음악을 하겠다는 거야?"

나는 대답하지 못했다. 앞으로 뭘 하겠다는 걸 생각해 본 적 없으니까. 단지 십 대의 내 시간을 미래를 위해 견뎌야 하는 나날로 채우고 싶지는 않다. 입시경쟁, 꿈을 위한 도전, 내일을 위한 설계 그런 게 아니라 나만이 할 수 있는 뭔가가, 십 대에만 할 수 있는 의미 있는 일이 있을 거라 생각한다.

"너도 기억할 거다. 초등학교 1학년 때 피아노 학원에 다녔던 거. 선생님이 그러더라. 네가 악보 이해하는 능력이 부족해 진도가 너무 느리다고. 음악에 재능이 없다는 거지."

내 몸 어딘가에 날카로운 조각이 박히는 것 같았다. 선생님도 아빠도 내가 피아노를 좋아했다는 건 알지 못했다. 나는 음악에 담긴 무언가를 찾아내려고 했다. 그게 무엇인지 정확히 표현할 수는 없지만, 작곡한 사람의 세계와 공유하고 싶었다. 하지만 피아노 선생님은 기계처럼 악보대로 치기를 원했다. 메트로놈 속도에 맞추어 종이에 그려진 음표를 흰 건반과 검은 건반에 옮기는 것. 그것만이 피아노 교육의 전부라고 믿었다. 나는 음표 뒤에 무엇이 있는지, 어떤 느낌이 들었는지, 그 느낌을 어떻게 표현하고 싶은지 선생님께 설명하려 했다. 하지만 번번이 무시당했다.

"내가 왜 피아노에 흥미를 잃었는지 알아?"

"당연히 알지. 예술적 재능은 타고나야 하는 거야. 오빠도 너도 미래를 걸 만한 정도는 아냐. 그래서 허락할 수 없는 거고. 취미라면 모를까, 음악 할 생각 마."

오빠가 저렇게 된 마당에 허락할 수 없다니! 아빠의 독선은 대체 어디까지인 건지.

"오빠는 공부 재능이라도 있지만, 난 노는 재능밖에 없어. 음악이 안 되면 노는 거에 미래를 걸어보지, 뭐."

"공부는 노력하면 다 되는 거야. 다양한 선택권을 주는 것도 공부밖에 없고."

"고모는 교수 되고 할머니 원망 많이 했대. 할머니 때문에 적성에도 안 맞고 재능도 없는 공부를 평생 해야 한다고. 아빠도 할머니처럼 원망 듣고 싶어?"

"원망해. 너희들 인생이 잘 풀린다면 그까짓 원망이 대수냐?"

말은 그렇게 했지만, 아빠 눈빛이 미세하게 흔들렸다. 곧이어 아주 잠깐 시선을 떨어뜨렸다. 저런 표정을 언제 지었더라……. 웃음을 지으며 고모를 바라보는 할머니, 할머니를 바라보는 아빠의 눈길. 그러고 보니 아빠와 오빠와 나의 시선이 얽힐 때와 닮았다. 어쩌면 아빠의 그림자를 밟고 있는 건 고모일지도 모른다. 단단한 줄 알았는데 아빠 안에도 자라지 않은 아이가 살고 있는 건가. 그런 생각이 들자 뜬금없이 가슴에 커다란 구멍이 뚫린 것 같았다.

"넌 뭐든 끝까지 하는 게 없었어. 그래서 믿을 수 없는 거고."

아빠와의 대화는 늘 원점에서 끝난다. 맥이 빠졌다. 아빠 말이 맞는다. 하지만 날 신뢰하지 않는다고 말하는 아빠 말에 서운함인지 슬픔인지 모를 감정이 목구멍까지 차올랐다.

"알아. 나를 믿지 못하는 것도, 나한테 관심조차 없는 것도. 아빠라면서 내가 뭘 좋아하는지, 뭐가 힘든지, 무슨 생각을 하는지 궁금해한 적도 없잖아!"

"왜 없어! 늘 네 걱정뿐이었는데. 오빠보다 널 더 걱정했는데!"

"걱정하는 거 말고! 난……. 난, 믿음이 필요하다고. 잘할 수 있다고 그 한 마디면 됐다고! 어릴 때부터 아빠한테 바란 건 그 한마디였다고!"

나는 거칠게 의자를 밀고 일어섰다. 의자가 요란한 소리를 내며 쓰러졌다. 등 뒤로 꽂히는 아빠의 시선을 무시하고 집을 나와 버렸다. 손에는 비올라가 들려있었다. 계단 쪽에 세워진 자전거를 보며 잠시 서 있었다. 늘 두 대가 나란히 세워져 있었는데……. 내 자전거 옆자리가 허전하게 느껴졌다. 나는 비올라를 등에 멘 채 자전거를 끌고 엘리베이터에 올라탔다.

티셔츠가 땀에 흠뻑 젖어 몸에 달라붙었지만, 페달을 멈추지 않았다. 어디로 가야 할지 생각하지 않았다. 어차피 목적지도 없으니 어느 방향이든 상관없었다. 주위를 둘러보니 어느새 주택 지역을 벗어나 있었다. 사방이 고요했다. 더위에 지친 축 늘어진 가로수들이 슬그머니 뒤로 물러났다. 하늘에는 아무렇게나 흩어져 있는 구름 뭉치가 무심히 흘러가고 있었다.

눈에 띄는 건 모조리 쏘아보며 한 방향으로 달렸다. 강줄기를 따라 쭉 뻗은 잘 다듬어진 길이 나왔다. 자전거 도로를 달리는 사람들이 나를 스치고 지나갔다. 대부분 날렵한 사이클에 근육이 드러나는 사이클 룩을 입고 스포츠를 즐기고 있었다. 면 티셔츠에 반바지를 입고 동네에서나 끌고 다닐만한 자전거를 타는 내 몰골이 신경 쓰였지만 무시했다.

핸드폰이 울렸다. 아빠였다. 전원을 꺼버렸다. 구름 사이로 노을이 붉게 물들기 시작했다. 탁 트인 하늘도, 강바람도 내 마음처럼 우울해 보였다. 나는 노을빛이 스며드는 물결을 따라 페달을 돌렸다.

한 시간 정도를 달리자 집을 나설 때 타오르던 분노와 답답한 마음이 조금 사그라들었다. 강에서 바다로 이어진 인공 수로를 따라 자전거를 타고 달릴 수 있다니. 생각지도 못한 여행 코스였다. 자연이 선사하는 시간과 공간의 풍요로움을 즐기며 자전거 여행에 빠져들었다.

한적한 풍경을 지나자 높이 솟아오른 탑 아래로 알록달록한 텐트와 불빛들이 모여 있는 곳이 나왔다. 태양 모양의 건물 꼭대기에 '해지개터'라고 쓰여 있었다. 군데군데 세워진 낯설지 않은 바다생물 조각들에 시선이 머물렀다. 분명히 본 것 같은데 기억나지 않았다.

어디선가 연주 소리가 들렸다. 탑 아래에서 어떤 아저씨가 트럼펫을 연주하는 모습이 보였다. 연주자 뒤에 설치된 스크린에는 영상이 띄워져 있었다. 십여 명의 사람들이 계단에 앉아 음악을 감상했다. 나도 자리를 잡고 앉았다. 배고픔도 잊을 만큼 훌륭한 연주였다.

스크린 화면이 눈에 들어왔다. 아이보리 톤의 중후한 무대 위에서 학생들이 연주하는 장면이 파노라마처럼 펼쳐지고 있었다. 때로는 이름난 연주자들의 공연도 보였다. 스크린 하단에 공연 정보와 예매 및 문의처 전화번호가 나란히 흘러갔다. 그리고 음악학원 홍보가 길게 이어졌다. 아트센터와 음악학원을 운영하면서 오케스트라단을 만들고 정기적으로 연주하는 것 같았다. 악기 대여 가능이라는 문구가 흘러갈 때 오빠 생각이 났다. 막연한 기대감에 핸드폰을 꺼내 전원을 켜고 전화번호를 저장했다.

연주가 끝난 후 자전거를 끌고 그곳을 벗어났다. 공원에는 사람들이 더 많아졌다. 배드민턴 치는 꼬맹이를 물끄러미 바라보았다. 아빠에게 이제 막 배우기 시작했는지 어설픈 폼으로 팔을 휘두르며 끙끙거렸다. 아저씨는 하트 쏟아지는 눈빛으로 아들을 바라보고 있었다. 머리를 쓰다듬고 폼을 잡아 주는 아빠의 손길에 아이는 한껏 들떠 보였다.

발길을 옮길 때야 이곳이 익숙한 이유를 깨달았다.

저 아이보다 어렸던가. 먼 기억 속 내 모습이 떠올랐다. 그때는 없던 편의시설과 놀이 공간이 생겨 다르게 느껴지긴 했지만, 풍경은 예전 그대로였다.

우리 가족은 건너편 한옥 담벼락 옆에 텐트를 쳤었다. 엄마는 텐트 속에서 책을 보거나 모자란 잠을 보충했다. 근처 도랑 옆에는 야외 배드민턴장이 있었고, 아빠와 오빠와 나는 그곳에서 시간을 보냈다. 아빠가 셔틀콕을 던져주면 나와 오빠가 채로 받아서 쳤다. 아빠는 오빠와 나를 늘 경쟁시켰고 놀이를 한 후 평가했다. 그때마다 아빠에게 인정받고 싶은 욕구로 입안이 바짝 마르곤 했다.

'지난번보다 자세는 좋아졌지만, 집중력이 부족해. 아직 오빠 따라가려면 멀었어.'

아빠는 오빠 어깨를 두드리며 내게 말했다. 나는 물에 빠진 셔틀콕을 핑계로 서럽게 울었다. 분명 내가 더 잘했다. 오빠보다 셔틀콕을 더 잘 받았고, 더 많이 네트로 넘겼다. 그런데 왜 아빠는 늘 오빠에게 좋은 점수를 주는지 화가 났다. 나는 문득 사는 건 참 힘들다고 생각했다. 그 후 모든 놀이가 싫어졌다.

하지만, 자전거만큼은 아니었다. 자전거를 처음 배우던 날, 유난히 다정하게 느껴졌던 아빠의 말이 두려움을 단번에 무너뜨렸다.

"잘하고 있어. 아빠가 뒤에 있으니까 겁먹지 말고 달려."

고개를 돌리니 아빠가 자전거를 잡고 있었다. 오빠에게 보였던 웃음을 지으며. 처음으로 자신감이 생겼고, 그 감정이 중심을 잡게 했다. 시원하게 펼쳐진 하늘. 길옆으로 피어난 코스모스. 뺨에 와 닿는 기분 좋은 바람. 모두가 이상적이었다. 손을 놓고 나를 지켜보던 아빠도, 자전거 꽁무니를 따라 달리는 오빠도, 한옥을 배경으로 서 있던 엄마도 두발자전거에 성공한 나를 보며 웃고 있었다. 살랑거리는 코스모스와 어우러지던 웃음소리. 지금까지 행복한 기억으로 남아 있는 가족의 명장면이다. 내게 자신감을 선물한 곳, 가족의 명장면을 만들어 준 곳이 여기였다.

그날의 웃음은 어디로 사라진 걸까. 뒤에서 지켜보던, 그 순간의 아빠가 그리웠다.

편의점 앞에 자전거를 세우고, 주머니를 뒤졌다. 주머니 안이 비어있었다. 아, 내가 등에 메고 있던 것은 비올라뿐이었다. 갑자기 무릎에 힘이 풀리면서 허기와 피로가 한꺼번에 몰려왔다.

나는 잠시 멍하니 서 있다 핸드폰 전원을 켰다. 배터리는 여유가 있었다. 시간은 9시를 향해가고, 어둠은 순식간에 몰려왔다.

방향을 돌려 페달을 밟았다. 이제는 상쾌한 밤공기도, 강을 따라 흐르는 불빛도 위로가 되지 못했다. 몸도 마음도 추웠다. 시간이 흐를수록 다리의 무게와 자전거 속도가 반비례하고 있었다. 숨이 턱까지 차올랐다. 대상을 알 수 없는 분한 마음에 저절로 욕이 튀어나왔다. 그럴수록 심장이 자꾸 쪼그라들었다. 달조차 없는 텅 빈 하늘이 날 비웃는 것 같았다.

⑩
- 다섯 번째 접속 -
트라우마에 갇혀

– 마음이 열릴 때까지 기다릴게.

뮤자를 썼다 지웠다 반복한 끝에 겨우 한 문장 완성했다. 문자를 보내야 할지 말아야 할지 망설이느라 초록불로 바뀐 것도 몰랐다. 초등학교 때부터 개인지도를 받았던 세은이가 왜 음악을 포기했을까. 음대를 준비한다면서 몇 년째 악기를 놓고 있는 이유가 뭘까. 답을 찾는다면 음악에 대한 세은이의 꿈이 다시 시작될 수도 있었다. 발송 버튼을 누르고 핸드폰을 만지작거렸다. 다시 초록불이 켜지고 횡단보도를 다 건너기도 전에 답이 왔다.

– 난, 음악이 두려워. 내게 상처만 줬거든.

문자의 의미가 무엇인지 감이 안 왔다. 대체 무슨 일이 있었기에 음악을 두려워하는 걸까. 생각에 빠져 걷는 동안 공사장을 지나고 있었다. 다시 되돌아 안으로 들어갔다.

임시로 설치된 담벼락 안에 있으면 세상과 단절된 느낌이 든다. 텅 빈 집보다, 혼자만의 시간을 가질 수 있는 더없이 좋은 장소다. 늦은 오후까지 식지 않은 태양열 때문인지 어수선한 장소가 포근하게 느껴졌다. 땅에서 올라오는 열기마저 감미로웠다. 발끝으로 땅을 헤집다 하늘을 올려다보았다. 해그림자 드리운 구름과 기운 빠진 포크레인과 쌓인 나뭇더미를 하나하나 훑어보았다.

"윽!"

인기척이 들렸다. 나 말고 여기를 드나드는 사람이 또 있었나? 고철 폐기물이나 쓰레기가 쌓여가는 것은 알고 있었는데 사람을 본 적은 없었다. 남을 속여야 하는 일은 대부분 어둠을 활용할 터였다. 그런데, 훤한 대낮에 누군가 있다는 건……

나는 조심스레 소리 난 곳을 향해 발을 옮겼다. 흙을 뒤집어쓴 채 멈춰 있는 레미콘 옆쪽으로 짓다 만 시멘트 건물이 보였다. 2층 높이에는 철근들이 하늘을 찌를 듯 질서정연하게 세워져 있었다.

건물 안 어딘가에서 소리가 난 것 같았다. 파란 천막으로 가려진 곳이었다. 그동안 건설 현장 입구 공터에만 있었지 깊이 들어갈 생각은 하지 못했다. 들여다보지 않아도 알 것 같았다. 어둠고 음침한 분위기. 궁금증이 공포로 바뀌었다.

"으윽!"

예상대로 천막 안이었다. 억눌린 비명이 영화 속 조폭 세계를 떠올리게 했다. 나는 뒷걸음치다 입구 쪽을 향해 뛰었다. 바닥에 있던 철근이 발에 걸려 나동그라지면서 요란한 소리를 냈다.

"도와줘!"

뒤에서 숨넘어가는 소리가 들렸다. 돌아보니 한 남자가 천막 안에서 나오고 있었다. 그는 작고 앙상한 몸을 구부린 채 배를 움켜쥐고 휘청거렸다. 도망치려고 했지만, 그럴 수가 없었다. 낯익은 그의 등 때문이었다. 가끔 길에서 마주칠 때마다 그의 등에는 바이올린이 있었다. 연주하는 것을 본 적은 없지만, 그것만으로도 호기심이 일었다. 남자는 무표정한 얼굴로 내게 다가와 팔을 잡고 주저앉았다. 머리로 피가 몰리는 것 같았다.

"괘, 괜찮아요? 무슨 일이에요?"

남자는 대답하지 않았다. 천막 안쪽에서 누군가 휙 지나가는 게 보였다. 심장 뛰는 게 온몸으로 느껴졌다.

"누구……야!"

떨리는 내 목소리가 허공에 퍼지며 울렸다. 울림소리가 공포 감을 더 가중시켰다. 나는 뒹굴고 있던 나무막대를 집어 들었다.

"누, 누구냐니까!"

"뭐, 어쩔 건데."

기둥 뒤에서 시커먼 게 툭 튀어나왔다. 그는 침을 찍 뱉더니 내게 다가왔다. 다리가 후들거렸다. 나도 모르게 뒤로 주춤 물러났다. 마른 체형에 큰 키, 쌍꺼풀 짙은 선명한 이목구비.

"잠깐만⋯⋯, 너 혹시!"

"혹시 뭐!"

그가 협박하듯 물었다.

"가람초⋯⋯. 거기 나오지 않았느냐고요."

"뭐? 아니거든."

"맞는 것 같은데⋯⋯. 오케스트라 단원이었고."

녀석이 흠칫하는 게 보였다. 오케스트라 활동을 같이한 기간은 짧았지만, 동생의 정기연주회를 보러 갔을 때도 눈에 띄는 아이였기 때문에 확실히 기억났다. 정체를 알고 나니 두려움이 조금은 사라졌다.

"맞지?"

내가 확인하듯 묻자 녀석이 얼른 눈을 피했다. 아까와 다르게 표정도 말투도 만만해 보였다.

"저 사람한테 폭력을 휘두른 게 너야?"

"알 바 아니잖아."

말은 그렇게 했지만, 눈에서 힘이 빠지는 게 느껴졌다.

"잘못한 거 있으면 말로 하지 왜 사람을 패?"

"쟤가 날 무시하잖아."

"무시? 고작 그게 이유야?"

이번에는 녀석이 한 발 뒤로 물러났다.

남자가 다가왔다. 남자는 무표정하게 우리를 바라보다 천막 안으로 들어갔다. 다시 나왔을 때는 손에 바이올린이 들려있었다. 남자는 눈길도 안 주고 가버렸다. 녀석은 남자가 모퉁이를 돌아 보이지 않을 때까지 바라보았다.

"너 이름 생각났다. 공선유."

내가 다가서자 선유가 어깨를 움츠렸다. 선배라는 걸 알아서인지 내가 말할 때마다 더 주눅이 들었다.

"폭력은 범죄야. 얼른 가서 사과해. 안 그럼 형이 가만 안 둔다."

"그럼 난요, 난 어쩌라고요."

"뭘 어째? 가서 사과하라고."

"형이 뭘 안다고 그래요? 개학하면 또 제자리일 텐데, 나보고 어쩌라고요……."

선유가 말을 뱉어놓고 또 내 눈을 피했다. 그때 선유 핸드폰이 울렸다. 문자 수신음이 쉴 새 없이 이어졌다. 갑자기 선유가 바닥에 털썩 앉아 머리카락을 쥐어뜯었다. 그 모습이 한없이 찌질해 보였다. 나는 그냥 내버려 두고 돌아섰다. 등 뒤에서 훌쩍이는 소리가 들렸다. 돌아보니 선유가 핸드폰을 보며 어깨를 들썩이고 있다. 세상에 혼자 남겨진 어린아이 같았다. 발길이, 떨어지지 않았다.

"너 뭐냐? 왜 그러는 건데?"

선유가 고개를 들어 나를 올려다보았다. 울음은 멈추었지만 아무 대답도 하지 않았다. 나는 말없이 선유 옆에 앉았다. 그 사이에도 문자 수신음이 계속 울렸다. 그제야 뭔가 이상하다는 생각이 들었다.

"핸드폰 줘봐."

선유가 흠칫하며 들고 있던 핸드폰을 가방에 넣었다.

"반 애들이야? 카톡 감옥?"

한참 만에 선유가 고개를 끄덕였다. 단체 채팅방에 초대해 놓고 온갖 욕설과 비난을 퍼부으며 괴롭히는 폭력. 말로만 들었는데, 이 녀석이 당하고 있는 모양이다. 이유가 뭐냐고 묻자 고개를 흔들었다.

"부모님은 아셔?"

"얼굴도 잘 못 보고 사는데요, 뭐."

24시간 배달업체를 운영하는 선유 부모님은 집에 못 들어오는 날이 많다고 했다. 일터로 찾아가도 지친 모습을 보면 입이 떨어지지 않는다며 울먹였다.

"한번은 엄마가 언제 이렇게 컸냐며 놀라더라고요. 교복 길이가 짧아진 걸 그제야 안 거죠."

"네 문제가 저 사람과 무슨 상관이 있는데?"

"없어요, 그런 거. 그런데 자꾸 속에서 뭔가 치밀어 올라 견딜 수도 없고, 억울함을 풀 방법도 없는데 언제부턴가 나보다 약골을 만나면 짓밟아 버리고 싶더라고요. 그러고 나면 오물을 뒤집어쓴 것처럼 기분이 더러운데, 저도 어쩔 수 없어요."

선유는 학교에 도움을 청하지 않은 모양이었다. 선생님들에게 알리면 문제가 더 커질 거고, 그 피해는 고스란히 되돌아올 테니 쉽게 손을 내밀 수 없었겠지. 누구라도, 단 한 번이라도 선유에게 마음을 썼더라면 스스로 오물을 쓰지는 않을 텐데……. 반 아이들과 선유는 그리고 나는 왜 알면서 잘못된 행동을 하는 걸까. 어쩔 수 없어서 어찌해야 할지 몰라서 동생에게, 아빠에게 상처 준 일들이 떠올랐다. 나는 선유에게 더는 화를 낼 수가 없었다.

"해민이 오빠죠? 오케스트라 할 때 형이 내 바이올린 조율해 준 적도 있었는데."

공사장을 빠져나오며 선유가 말했다. 그랬던가. 내 기억에는 남아 있지 않았다. 하지만 오늘의 선유는 잊고 싶지 않았다.

선유랑 헤어진 후 세은이에게 전화했다. 힘이 빠진 어깨, 허공을 응시하는 눈동자, 축 처진 입꼬리. 수화기 너머로 표정이 느껴졌다. 전화로는 대화가 불가능했다.

잠을 자다 나왔는지 뒷머리가 아무렇게나 뻗쳐 있었다. 화장기 없는 얼굴은 푸석해 보였고 눈도 조금 부어 있었다.

"날 설득하러 온 거면 그냥 가."

목소리에 힘이 없다.

"설득한다고 설득당할 애냐, 네가."

"그럼 왜 보자고 했는데?"

"널 이해해보고 싶어서."

세은이가 픽 웃었다. 생기라고는 찾아볼 수 없었다.

"어, 너 보조개 있었네."

"타이밍 뭐냐."

"화장을 너무 진하게 하니까 눈에 안 띈 거지."

주스를 다 비운 세은이가 무표정한 얼굴로 나를 봤다.

"너, 초등학교 5학년 정기연주회 때 기억나?"

"글쎄. 원시 시대라 가물가물하다."

"넌 그때 단원 아니었었나? 그래도 다 알걸. 우리 엄마 때문에 학교 발칵 뒤집혔던 거."

기억난다. 꼭 오르고 싶은 무대였으니까. 하지만 모른 척했다. 왠지 그래야 할 것 같았다.

세은이는 지휘자의 칭찬을 독차지할 만큼 연주를 잘했다. 정기연주회 때 바이올린 독주를 하기도 했다. 그런데 5학년 연주회 때는 세컨드 바이올린 파트로 옮겨졌고, 맨 뒤쪽에 앉았다.

사건이 터진 건 1부 공연을 마친 후였다. 커튼이 닫힌 무대 위에서 소란스러운 소리가 들렸다.

"우리 애 자리, 여기 맞아요?"

"네? 네, 맞는데요."

지휘자의 당황한 목소리도 들렸다.

"구석에 앉혀 놓고 연주를 하라고? 우리 세은이 얼굴 하나도 안 보이잖아요? 바이올린 담당 교사 어디 있어요?"

1, 2부 사이에 각 파트 별 교사들이 특별 연주를 하기로 되어 있었다. 바이올린 선생님은 대기실에서 준비하다 허겁지겁 무대로 나갔다. 동시에 오케스트라 담당 교사와 교감 선생님이 무대 위로 뛰어 올라갔다. 커튼이 가려져 있었지만, 관객석까지 세은이 엄마 목소리가 다 들렸다. 시 교육청, 구청의 인사들도 참석했고, 주위 초중고 교장 선생님들까지 초대한 자리였으니 학교 측에서는 대대적인 망신이었다.

"세은이가 악보도 제대로 못 읽어서 어쩔 수 없었어요."

바이올린 선생님이 쩔쩔매며 상황을 설명했다.

"뭐? 악보를 못 읽어? 그걸 말이라고 하는 거예요? 선생님께 개인 레슨 시키는 이유가 뭔데. 내가 이 학교 운영위원회장 하면서 오케스트라 자질구레한 일까지 뒷바라지한 게 얼만데. 자리 옮겨요, 당장!"

"그건 어렵습니다. 세은이도 혼란스러울 거예요."

허! 지휘자 말에 세은이 엄마가 비명처럼 탄성을 질렀다. 나이 지긋한 여자 교감 선생님이 달래듯 말했다.

“회장님 입장 알았으니까 제가 해결할게요. 일단 내려가 주세요.”

결국 2부 때 세은이는 맨 앞자리로 옮겨졌다. 관중들에게 가장 잘 보이는 자리로.

“자리 옮기고 나서 나 계속 틀렸던 거 알아? 틀릴 때마다 지휘자가 인상 팍 쓰고 째려보더라. 후유! 그 시간이 얼마나 길게 느껴지던지. 죽을 거 같았어.”

“그 때문이었구나. 음악이 싫어진 거.”

“오케스트라에 흥미를 잃은 건 그 전부터였어. 우리 엄만 자기 딸이 음악적으로 천부적인 재능을 가진 줄 알거든. 내가 잘하면 잘할수록 더 확신하더라고. 그게 너무 부담스러웠어. 부담감 때문인지 바이올린도 오케스트라도 싫어지더라. 죽었다 깨나도 엄마가 기대하는 만큼 잘할 자신이 없었거든. 연주회 사건 이후에는 바이올린을 잡으면 심장이 터져버릴 것 같고, 숨도 제대로 쉴 수 없었어. 단원들이 빈정대는 소리를 듣는 것도 괴로웠고. 빨리 졸업해서 학교를, 오케스트라를 떠나고 싶었어.”

그 사건이 전교 아이들 사이에서 이슈가 되긴 했지만, 곧 다른 관심사가 생겼고 잊혀졌다. 하지만 세은이에게는 쉽게 극복할 수 있는 일이 아니었나 보다. 얼마 전, 오케스트라 단원들에게 전화하다 말고 왜 상처받은 얼굴로 가버렸는지 알 것 같았다.

“엄마는 인원이 많아 묻히는 바이올린 하지 말고 눈에 띄는 첼로를 하라고 했어. 그때 알았어. 내 자식만 빛나고, 최고가 되면 된다는 엄마의 이기심. 엄만 그게 자식을 사랑하는 방법이라고 하지만."

세은이가 말을 멈추고 고개를 흔들었다.

"음악을 포기한 후에야 알았어. 내가 싫었던 건 음악이 아니라 엄마의 욕심이었다는 걸. 장애물을 다 제거하고 진짜 나를 위한 음악을 하고 싶어졌을 때 네게 문자가 온 거야. 그런데, 불가능하단 걸 깨달았어. 그때의 트라우마가 아직도 나를 가두고 있는데 어떻게 연주해."

"트라우마에서 벗어나기만 하면 문제가 해결되는 거네?"

"영원히 못 벗어날 거야."

"상처를 준 건 음악이 아니야."

"소설 중에 모모라고 있지. 작가가 미하엘 뭐더라? 암튼 그 책 주제가 시간이라고 하더라. 그런데 난 더 중요한 주제가 있다고 생각해."

뜬금없이 모모 타령은. 나는 책 내용을 떠올려 보았다. 중학교 때 수행평가 때문에 대충 읽어서 알쏭달쏭했다.

"마을 사람들이 싸우거나 고민이 있으면 모모한테 오잖아. 막 투덜거리고 욕하고 하소연하고. 그러면 모모는 그냥 묵묵히 들어줘. 단지 그것뿐인데 사람들은 마음이 풀리고 위로받고 돌아가."

"이야기 들어줘서 고맙다고 하면 될 걸 뭘 그렇게 빙빙 돌리냐?"

세은이가 피식 웃으며 일어섰다.

"한세은! 우리, 앙상블 같이하자."

음악을 향한 세은이의 불꽃이 꺼진 게 아니었다. 불꽃이 엉뚱한 곳으로 튄다면, 자신을 망가뜨릴지도 모른다. 그건 나도 마찬가지다.

"설득할 생각하지 말랬지."

"목표! 그래 목표가 없어서 서로 마음이 모이지 않았던 거야. 우리 음악 콩쿠르에 도전해 보자."

"너, 진짜 말 못 알아듣는구나."

내가 뭐라 대꾸하기도 전에 세은이는 또 도망치듯 사라졌다. 세은이는 겁을 내고 있었다. 자신의 한계를 보게 될까 봐 트라우마를 핑계로 도전조차 못 하고 있는 것이다.

하지만 난 더 확실해졌다. 세은이처럼 나의 출구도 음악밖에 없다.

⑪
돌탑 쌓기

나만 빼고 모든 사람들의 인생이 다 근사해 보였었다. 특히 세은이 언니 삶은 맑기만 한 줄 알았다. 가까이 들여다보면 상처 없는 사람이 없는 건가. 인생은 고행이라는 둥 무거운 짐을 지고 가는 여행이라는 둥 하는 말이 폼으로 만들어진 게 아닌가 보다.

병원 1층 로비를 가로질러 가는데 누군가 입구로 들어섰다. 의미 없는 눈길을 주고 스칠 때 그 사람이 아는 체를 했다.

"나 기억 안 나? 집에 몇 번 놀러 갔었는데."

커다란 덩치에 희고 둥글둥글한 얼굴. 중학교 때부터 오빠와 항상 붙어 다녔던 현수 오빠였다. 나는 고개를 까딱하고는 면회가 안 된다고 말했다. 현수 오빠는 알고 있다며 시간 있으면 잠깐 얘기나 하자고 했다. 오빠는 대답도 듣지 않고, 자판기 음료를 뽑아 구석에 자리를 잡고 앉았다. 내게 주스를 내밀 때 술 냄새가 풍겼다. 오빠는 한동안 말없이 캔에 맺힌 물방울을 손가락으로 문질렀다.

"지금도 믿어지지 않아. 같이 대학 생활할 수 있게 됐다고 얼마나 좋아했는데."

회전문 밖에는 어둠이 내려앉고 있었다.

"지금 축제 기간이거든. 해준이가 없으니까 그냥 다 시시하더라고. 의사들은 뭐래? 언제쯤 깨어날 수 있대?"

"몰라요."

현수 오빠는 눈물을 참으려는 듯 마른세수를 했다. 그러고는 초점 없는 눈길로 빌딩 그림자로 덮인 거리를 바라보았다.

"대학 가면 음악 할 수 있다는 그 꿈 하나에 매달려 얼마나 독하게 공부했는데."

문득 친구들에게 오빠는 어떤 사람이었는지 궁금했다.

"넌 나보다 더 잘 알겠지. 음악에 빠져 중하위권까지 떨어진 성적을 어떻게 상위권까지 끌어올렸는지. 잠 온다고 밥도 안 먹고, 눈 밑에 파스 바르고, 한번은 책상 위에 송곳을 세워놨더라. 잠 쫓는 무기라면서."

작년이었던가. 늦은 시간까지 밖을 헤매다 집에 들어섰을 때였다. 갑자기 오빠 방문이 벌컥 열렸다. 오빠가 휴지로 코와 입을 가리고 방에서 뛰어나왔다. 휴지에 피가 묻어있었다. 시계를 올려다보니 새벽 3시가 한참 넘은 시간이었다.

"뭐하냐?"

내가 화장실을 들여다보며 툭 내뱉었다. 오빠는 거울을 통해 나를 보며 콧구멍에 휴지를 틀어막았다.

"너야말로 이 시간까지 뭐하고 싸돌아다니는 거야?"

아빠가 등 뒤에서 버럭 소리를 질렀다. 한심하다는 듯 나를 보고 있을 아빠의 눈길이 느껴졌다. 나는 아빠를 외면한 채 돌아서서 내 방으로 들어가 버렸다.

"너무 무리하는 거 아니야?"

방문 틈으로 오빠를 걱정하는 아빠 목소리가 들렸다. 다정한 말투가 내 심장을 비틀어 놓았다. 편애 따위 이제 무시해 버릴 때도 됐는데 그게 쉽지 않았다.

"내 머리가 좋은 편이 아니잖아. 성적 회복하려면 이 방법밖에 없어."

"천재도 노력하는 사람은 못 따라간다더라. 1년도 안 남았어, 힘내자. 내년 봄이면 네가 원하는 대학 배지를 달고 있을 거야."

그때의 기억을 떠올리자 한숨이 나왔다. 그렇게 공부에 매달렸는데……. 운이 지지리도 없는 오빠가 안쓰럽고 한심했다.

"주관도 뚜렷하고, 의리도 있고……. 멋진 녀석인데."

"우리 오빠가요?"

"그럼 누구겠냐? 주변 사람 의식하지 않고 자기 길을 뚜벅뚜벅 가면서 친구들을 끌어당겼어. 그리고 물들였지. 이놈이 언제부턴가 클래식을 듣더라고. 생뚱맞게. 내가 장난삼아 좋은 곡 있으면 공유하라고 했더니 음악 해설까지 붙여 보내더라. 비올라 소리에 집중해서 들으면 더 좋을 거라며. 비올라 소리를 구분할

능력은 안 되지만, 친구 중 몇 명은 클래식에 관심을 두기 시작했어. 해준이가 집에 가서 제일 먼저 하는 일이 손을 깨끗이 씻는 거라며?"

모르는 일이다.

"손을 씻고 나서 비올라 연주를 한대. 그래야 마음이 안정되고 공부가 잘된다고. 아무튼 특이해. 묘하게 사람 마음을 끈다니까."

현수 오빠가 말하는 사람이 우리 오빠가 맞나 싶다.

"고집은 또 얼마나 센지. 전쟁이 문명을 발전시킨 측면도 있다는 말에 발끈해서는 수업 종 칠 때까지 선생님하고 논쟁을 벌이더라고. 완전 불꽃 튀었지. 그리고도 성에 안 찼는지 교무실까지 따라간 거 알아? 그런 집요한 성격이 음악을 포기할 수 있었겠냐?"

현수 오빠가 쓸쓸하게 웃었다.

이야기를 들을수록 혼란스러웠다. 집에서는 전혀 자기 목소리를 내지 않던 오빠였는데. 어떤 모습이 진짜 오빠일까.

집으로 돌아가는 버스 안에서 현수 오빠가 일어나며 한 말을 곱씹어 보았다.

"네 오빠가 그러더라. 착하게는 살지 못해도 바르게는 살고 싶다고."

그런 신념이라면 오빠는 잘못 살아왔다. 아빠가 상처받을까 봐

오랜 시간 자신이 원하는 삶을 뒤로 미루다니! 아빠에게는 미련할 정도로 순종적이었고, 내겐 차갑고 무관심했다. 오빠는 오빠 자신을 위해서도 아빠와 나를 위해서도 바르게 산 게 아니었다.

오빠의 병실 문을 열고 따지고 싶었다. 친구들에게 보여주었던 마음을 조금이라도 내게 나누어 주었더라면 방황하지 않았을 거라고. 엄마가 떠난 후 늘 외톨이였던 내게 왜 그렇게 냉정하게 굴었느냐고.

무작정 거리를 걸었다. 가슴 속에서 무언가 울컥 치밀어 올랐다. 내 삶이 통째로 억울하게 느껴졌다.

편의점에서 허기를 채우고 있을 때, 세은이 언니에게 문자가 왔다. 내일 4시에 가람초등학교에서 햇살과 선유를 만나 자신의 집으로 오라고 했다. 중요한 일이라고만 하고 무슨 내용인지는 담겨 있지 않았다. 전화를 걸었지만 받지 않았다. 잠시 후 집 주소만 달랑 보내왔다. 어이없고, 황당했다. 문자를 지우려 했지만, 삭제 버튼을 누르지 못했다.

"올~! 해민이 제법인데. 선유까지 데려오고. 어! 햇살 수염 깎았네."

현관문 앞에서 언니가 반색했다. 도우미 아줌마가 우리 발 앞에 슬리퍼를 놓아주었다.

"어서 와라, 얘들……!"

언니 뒤에서 노란 머리가 불쑥 튀어나왔다. 언니네 엄마였다. 아줌마가 우리를 훑어보다 언니를 보고는 못마땅한 표정을 지었다. 아줌마는 초등학교 때 공연장에서 본 모습처럼 여전히 화려했다. 노란색의 긴 웨이브 때문에 얼핏 보면 엄마가 아니라 언니 같았다.

"설마, 얘들이니?"

"응. 뭐해? 얼른 들어와."

어정쩡하게 서 있는 우리를 언니가 잡아끌었다. 휙 돌아서며 흘린 아줌마의 한숨 소리 때문에 찜찜했다. 대리석 깔린 복도를 걷는 동안 어깨가 자꾸 움츠러들었다.

"야, 이 언니네 금수저로 밥 먹는 거 아냐?"

내가 선유 팔을 툭 치며 속삭였다. 선유가 모기만 한 소리로 뭐라고 중얼거렸는데 알아들을 수가 없었다. 괜히 짜증이 났다. 젠장, 우릴 왜 부른 거야. 나는 원망 섞인 말투로 투덜거렸다.

긴 복도를 지나자 거실이 나타났다. 마치 인테리어 잡지 속에 들어온 것 같은 느낌이었다. 너무 화려하고 웅장해서 비현실적이었다. 음악을 제대로 하려면 이 정도의 경제력은 필수일지도 몰랐다. 아빠의 월급으로는 생활하기도 빠듯하다는 걸 깨닫자 아빠가 음악을 반대하는 이유가 다른 데 있을지도 모른다는 생각이 들었다. 선유가 거실 창으로 보이는 생태공원을 발견하고 숨넘어가는 소리를 냈다. 49층에서는 하늘을 향해 치솟고 있는 분수 물길도 낮아 보였다.

"계속 여기 서 있을 거야? 다들 내 방으로 가자."

거실 인테리어로 예측하건데 언니 방은 핑크로 아기자기하게 꾸며져 있겠지 싶었다. 장식품 하나 없는 칙칙한 내 방과는 다른 분위기를 기대하며 언니를 따라 걸었다. 슬쩍 두 사람의 표정을 살펴보니, 선유는 왠지 주눅 들어 있는 것 같고 햇살오빠는 무표정했다. 둘 다 여자 방에 전혀 관심이 없는 것 같았다.

언니가 방문을 열자 옆에 서 있던 선유에게서 침 삼키는 소리가 들렸다. 선뜻 발을 들여놓기가 어색한지 주춤거리고 서 있었다. 나는 웃음을 삼키며 방으로 한 발 들여놓았다. 그러다 기겁하며 멈춰 섰다.

"야! 문을 왜 막고 있어?"

선유가 성질을 냈다. 햇살오빠가 나를 밀치고 들어가려고 했다.

"자, 잠깐만."

나는 양손으로 문 입구를 막은 채 비켜주지 않았다. 언니에게 방 안의, 정확히 말하면 침대 위의 그 야시시한 것들 좀 치워야 하지 않겠냐고 말하고 싶었다. 하지만 어느새 햇살오빠가 방 안으로 들어갔다.

햇살오빠는 곧장 책상 쪽으로 가더니 세워져 있는 첼로를 물끄러미 바라보았다. 나도 뒤통수에 꽂히는 레이스를 외면하고 첼로 앞으로 갔다. 선유는 그제야 쭈뼛거리며 방안으로 들어섰다. 얼굴이 빨갛게 상기된 걸 보니 피아노나 첼로가 아닌 침대 위를 먼저 본 모양이다. 그나저나 언니는 남자들을 자기 방으로 불러놓고 속옷을 아무렇게나 방치하다니. 진짜 대책 없는 여자다.

"누나도 게임 매니아였어? 와, 4D 스크린에 홈시어터까지. 퀄리티 짱이다!"

선유는 언제 그랬냐는 듯 들뜬 표정이 되었다. 게임 전용 컴퓨터를 힐끔거리며 누나 눈치를 보았다.

"나 한번 봐도 돼?"

"당연하지. 켜지는 말고."

"에이씨, 뭐라는 거야."

선유가 김샌 표정으로 입을 삐죽거렸다. 언니는 피식 웃고는 연습 먼저 하자고 했다.

"드디어 앙상블 팀 재결성! 해준이만 복귀하면 되네."

마치 오빠의 합류가 당장 이루어지기라도 할 듯한 말투였다. 오빠의 복귀란 언니 말에 기분이 들썩거렸다. 하지만 삶보다 죽음에 더 가까이 있는 오빠의 현실이 떠오르자 나도 모르게 말이 뾰족하게 나왔다.

"남의 일이라고 말 참 쉽게 하네."

"너, 무슨 말이 그래."

언니 얼굴에서 웃음기가 가셨다.

"이렇게 생 쇼한다고 뭐가 달라지는데, 사고가 없던 일이 될 것 같아? 아님, 멀쩡히 살아나 연주라도 할 것 같아?"

"그럼 우리가 뭘 해야 하는데."

언니 목소리가 갈라졌다. 긴 속눈썹과 깊은 눈매 때문일까. 나를 보는 언니의 눈에 마음이 짠해졌다. 그러고 보니 경쾌한 말투와는 다르게 언니의 눈빛은 항상 슬퍼 보였다.

나는 왜 이 모양인지. 사실은 고마운 건데, 그 마음을 표현하고 싶은 거였는데. 어느새 진심과 다른 말이 습관이 된 것 같았다.

"알아, 쉬운 일 아니라는 거. 그런데 이렇게라도 하지 않으면……, 다른 방법을 모르겠어."

언니는 침대에 앉아 두 손에 얼굴을 묻었다. 그렇게 한참 동안 가만히 있었다.

"간절히원하면우주가도와준대.하지만원하기만하면아무일도안일어나."

햇살오빠가 말했다. 언니가 고개를 들었다. 눈가가 젖어 있었다.

"우린우리가할수있는일을하면되는거야!그다음은우주가하겠지."

언니가 미묘한 눈빛으로 햇살오빠와 우리를 번갈아 보았다.

햇살오빠가 첼로 줄을 조심스럽게 튕겼다. 기분 좋은 저음이 방안 가득 웅장하게 울렸다. 그것을 신호로 음악 감성이 깨어나는 것 같았다. 하지만 시작도 하기 전에 깨지고 말았다.

아줌마가 피자와 음료수를 들고 들어왔다. 다양한 토핑이 풍성하게 얹힌 피자를 보자 입안에 군침이 고였다. 햇살오빠와 선유도 쟁반 위 접시를 보며 입맛을 다셨다. 하지만 아무도 음식에 달려들지 못했다. 관찰하듯 살피는 아줌마의 눈빛 때문이었다. 도우미도 있는데 아줌마가 직접 음식을 가져온 이유가 뭔지 알 것 같았다. 아줌마는 못마땅한 눈으로 선유와 햇살오빠를 보더니 나에게 눈길을 돌렸다.

"너 민해민 아니니? 초등학교 때 오케스트라 했던. 아주 잘 컸구나. 오빠가 명문대 합격했단 소식 들었어. 아빠가 얼마나 좋아하실까."

오빠 이야기에 신경이 다시 날카로워졌다. 언니가 내 눈치를 살피며 아줌마를 밀어냈다.

"우리 연습 해야 해. 빨리 나가."

아줌마는 멤버들에 대해 좀 더 알고 싶어 했지만 결국 핀잔만 듣고 밀려났다. 언니에게 꼼짝 못 하는 걸 보니 음악 할 때만큼은 언니가 갑인 것 같았다.

"오늘 같은 날 한잔하면 좋겠지만, 미성년자들 때문에 패스! 어쨌든 앙상블 팀이 재결성되는 역사적인 날인데 건배해야지."

언니가 음료수 잔을 들어 올리자 모두 잔을 잡았다.

그 후 폭풍 흡입.

"집중력 짱! 연습할 때도 먹는 것처럼, 오케이?"

먹느라 언니 말에 아무도 대꾸하지 않았다.

흡입 대열에서 가장 먼저 빠진 사람은 햇살오빠였다. 바이올린 케이스를 열더니 피아노 건반을 누르며 바이올린 줄을 맞추었다. 나를 포함한 세 사람은 그 모습을 보면서 피자를 삼켰다.

비발디가 살았던 시대, 이탈리아 베네치아 귀족들의 식탁 음악이 이보다 더 아름다울 수 있을까. 햇살오빠의 연주가 시작되자 세 사람의 손동작이 느려졌다. 침샘을 자극하던 감미로운 피자 맛이 밍밍하게 느껴졌다. 나도 포크를 내려놓고 비올라를 꺼냈다. 얼른 줄을 맞추고 연주에 화음을 넣었다. 언니도 피아노 앞으로 갔다.

선유는 우리를 물끄러미 바라보다 말없이 고개를 숙였다. 피자를 다 먹을 때까지 접시만 내려다보았다. 나는 덩그러니 앉아 있는 선유가 자꾸 신경 쓰였다. 함께 있을 때 혼자인 느낌, 나도 익숙하니까.

햇살오빠의 바이올린 소리가 미세하게 바뀌었다. 눈동자가 불안해 보였다. 공사장 공터에서는 귀신에 홀렸던 게 아닐까 싶을 정도로 연주가 형편없었다. 나도 선유를 신경 쓰느라 자꾸 음을 이탈했다.

언니가 얼렁뚱땅 마무리했다. 모두들 망했다는 얼굴이었다. 뒤늦게 깨달은 현실은 오합지졸에 맨땅에 헤딩하는 꼴이었다. 세은언니가 푸념을 늘어놓았다. 선유도 몇 마디 얹었는데, 두 사람 말을 통해 앙상블의 뻔한 스토리를 유추할 수 있었다. 2년 전, 어렵게 앙상블 팀을 엮었지만, 마음도 성향도 맞지 않는 데다 우리 아빠 반대가 심해 해체되었다. 갑자기 일어난 일이라 모두 아쉽긴 했지만, 연주에 대한 미련은 없는 것 같았다.

언니의 주도로 연습 일정을 협의하고 악기를 선정했다. 첫 연습곡은 쉬운 것을 선택하기로 했다. 초등학교 때 정기연주회를 위해 수없이 연습했던 곡, 그리고 오빠가 여행지에서 연주했던 'The poet in my heart.'였다. 악보는 언니가 맡기로 하고 첫 모임을 끝냈다.

"그거 알아? 해민이 너 오늘 처음으로 나한테 말 놓았어."

언니가 잘 가란 인사 끝에 내 어깨에 손을 올리며 말했다. 연습하는 내내 언니와 눈을 마주치지 못했다. 아까 그렇게 말해서 미안하다고 말하고 싶었는데, 말이 목구멍에 걸려 나오지 않았다. 그런데 의식하지 못하는 사이 언니에게 한 발 가까워진 모양이다. 다른 사람보다 내 마음을 알아채는 연습부터 해야 할 것 같다.

언니네 집에서 나왔을 때는 이미 어두워져 있었다. 헤어지면서 선유와 햇살오빠는 눈인사조차 나누지 않았다. 성향이 너무 다른 네 사람, 어렵게 다시 쌓은 돌탑이 무너지는 건 아닐까. 이번에도 해체된다면, 그걸 오빠가 알게 된다면 얼마나 실망할까. 맨땅에라도 무작정 헤딩하다 보면 언젠가의 오늘, 서로의 마음이 통할 수 있을까. 그리고 우리의 간절함이 우주에 닿을 수 있을까.

- 여섯 번째 접속 -

특별한 우주의 섭리

담배에 쩐 학원 강사의 가래 섞인 목소리가 귀에 하나도 들어오지 않았다. 평균이니 표준편차니 정규분포니 하는 설명이 아득하게 들렸다. 온종일 남자의 바이올린 소리만 귓속을 맴돌았다. 어떻게 하면 남자를 다시 만날 수 있을까, 아니 연주를 다시 들을 수 있을까.

며칠 전 저녁, 오후 내내 일요 특강을 받고 집으로 돌아가던 중이었다. 여름 햇살이 하늘을 물들이며 천천히 이동하고 있었다. 이어폰에서 흘러나오는 텔레만의 비올라 협주곡이 어울리는 풍경이었다. 참고서와 문제집이 가득 든 배낭이 어깨를 누르고 있었지만, 천천히 걸었다.

공사장 근처를 지날 때, 묵직한 리듬 사이로 경쾌한 소리가 끼어들었다. 주위를 둘러보며 이어폰을 뺐다. 어디선가 바이올린 소리가 들렸다. 소리는 공사장 안쪽에서 들리는 것 같았다. 바이올린 소리를 쫓아 발길을 옮겼다. 그곳에 남자가 있었다. 선유에게 맞고 있던, 바이올린을 들고 다니던 남자. 심장이 뛰었다. 어쩌면 저 남자와 내가 특별한 우주의 섭리에 의해 연결되어 있고, 어떻게든 만나게 되는 필연적 순간이 지금이며, 독특한 방식으로 서로 얽히게 될 거라는 예감이 들었다.

선 고운 나뭇잎 사이로 언뜻언뜻 보이는 하늘을 보며 소리에 집중했다. 바이올린 음 하나하나가 심장을 흔들고 있었다. 다시 들어봐도 남자의 연주는 특별한 데가 있었다. 과잉되지도 모자라지도 않은 경계 지점의 감성이랄까. 다 보여주지 않는, 그래서 더 신비하게 느껴지는 그의 정체처럼.

남자는 연주에 빠져 내가 다가가는 것도 알아차리지 못했다. 선유와 사건이 있던 날 보았던 모습과는 달랐다. 그날 그는 허리도 제대로 못 펼 정도로 아파 보였고 얼굴은 무표정했었다. 내 팔을 잡고 주저앉을 때조차 표정이 없었다. 그런데 연주를 하는 지금은 음악의 흐름이 바뀔 때마다 표정이 바뀌었다.

어느새 어둠이 깔리기 시작했다. 남자는 두세 부분을 반복해서 연주하고는 활을 내려놓았다. 한동안 턱을 치켜든 채 허공을 보고 서 있다가 다시 연주했다. 내가 있다는 걸 알아차리지 못한 것 같았다. 연주를 끝낸 남자는 시간을 확인하고 느릿느릿 바이올린을 가방에 넣었다. 손동작에서 돌아가기 아쉬운 감정이 묻어났다. 얼굴은 다시 무표정해졌다. 남자는 바이올린을 메고 발걸음을 옮겼다. 문득 남자가 고개를 돌렸고, 나의 눈과 마주쳤다. 그는 잠깐 생각에 잠겨 있다 한 손을 들어 어색하게 흔들었다. 곧 바이올린을 한 번 추켜올린 후 작고 마른 몸을 휘청거리며 걸어갔다.

"저기, 잠깐만요!"

남자가 걸음을 멈추고 뒤를 돌아보았다. 막상 마주하고 보니 무슨 말을 해야 할지 몰라 버벅거렸다.

"어…… 안녕하세요. 우리 전에 만난 적 있는데…… 그때 여기서 내가 어……, 혹시 저 기억나세요?"

남자는 아무 반응이 없었다. 조금 무안했지만 돌아서고 싶지는 않았다.

"제 이름은 민해준이예요. 지나가다 연주 소리가 나서요. 그래서 듣고 있었는데……."

"나는 햇살이야, 오 햇살."

"아, 햇살. 예쁜 이름이네요."

이름을 칭찬하고 나니 다시 어색해졌다. 햇살이란 남자는 나를 물끄러미 바라보다 볼일 끝났다는 듯 돌아섰다.

"합주해요, 우리."

바이올린도 비올라도 이 남자에 비하면 허접한 실력인데 합주라니. 내가 생각해도 황당한 제안이었다. 남자가 내 시선을 피하며 고개를 흔들었다. 그러고는 그대로 돌아서서 가버렸다.

나는 아쉬운 마음으로 멀어지는 남자를 바라보았다. 하지만, 머릿속에서는 시간을 뛰어넘어 함께 연주하는 그림을 그리고 있었다. 세은이와 선유, 그리고…… 해민이까지 그 그림 안에 있었다.

⑬
신이 잠든 사이에

앙상블 팀이 재결성되었지만, 연습할만한 장소가 마땅치 않았다. 언니네 집은 첫 모임 후 민원이 들어왔고, 공사장은 안전하지 않았다. 며칠 동안 헤맨 끝에 겨우 연습할 수 있는 적당한 장소를 찾았다. 버스와 지하철을 갈아타야 하지만, 공개되지도, 민폐되지도 않은 곳이었다. 산과 호수를 끼고 있어 한적한데다 주택가가 없어 조용했다. 주변에 상가가 형성되어 있지 않아서인지 찾는 사람도 많지 않았다. 으쓱한 곳에서 과감한 애정 표현을 하는 남녀나 술에 취한 노숙자만 어쩌다 눈에 띄었다. 하지만 공원 입구가 다섯 군데나 될 만큼 넓은 곳에 안내판이 없었다.

오늘따라 주변 잔디밭이 시끌시끌했다. 유치원에서 소풍을 나온 모양이었다. 아이들은 연주 소리를 듣고 우르르 몰려왔다. 선유는 악기를 든 채 어쩔 줄 몰라 했다. 나는 개구쟁이 몇몇 아이들에게 인상을 써 보였다. 딴 데 가서 놀라는 거였는데 장난치는 줄 알고 더 까불었다. 언니는 꼬맹이들 장난을 받아주다 어느새 그 틈에 섞여 놀고 있었다. 애들보다 더 신나 보였다. 연주에 몰입한 사람은 햇살오빠 뿐이었다. 녀석들은 고함을 지르며 뛰어다니다 연주하는 오빠를 호기심 가득한 눈으로 바라보았다. 바이올린을 톡톡 건드리거나 오빠 팔을 잡아당기는 아이도 있었다. 선생님의 통제도 먹히지 않았다. 결국 오빠도 연주를 중단할 수밖에 없었다.

우리는 다른 곳을 찾아 이동했다. 운동장, 캠핑장, 미니동물원, 산과 연결된 등산로까지 보이는 걸 보니 공원을 다양하게 가꾸어 놓은 것 같았다.

동물원을 지날 때 선유가 들렀다 가자며 입구를 가리켰다. 우리는 오솔길을 따라가며 동물들을 구경했다. 별로 기대하지 않았는데, 특이하고 다양한 동물들이 살고 있었다. 문득 의구심이 일었다. 사람들은 언제부터 동물을 가두고 구경을 하게 되었을까. 너무나 자연스러운 일상이고, 그래서 당연하게 받아들였던 것들이 부자연스럽게 느껴졌다. 기억공유를 통해 알게 된, 오빠가 바라는 그림 안에 내가 있다는 것만큼이나. 나는 불편한 마음에 빠른 걸음으로 동물원을 통과했다.

한 아저씨가 열대식물원 입구 벤치에 앉아 소주를 마시고 있었다. 공원에서 자주 봤던 사람이었다. 우리가 연주를 시작하면 주춤주춤 다가왔는데 한 손에는 늘 술병이 들려있고 비틀거렸다. 아저씨는 눈에 띄지 않는 곳을 골라 가만히 앉아 있다 연습이 끝나면 어디론가 가 버렸다. 얼핏 보기에 아빠랑 비슷한 나이

일 것 같았다.

"언제까지 집에 안 들어갈 거야?"

술 취한 아저씨를 힐끔거리며 언니가 물었다. 찜질방 드나드는 걸 언니에게 들킨 게 실수다. 남의 사생활을 저렇게 쉽게 까발리다니, 정말 믿을 수 없는 입이다.

아저씨의 고개가 우리를 따라 돌아가는 게 보였다. 앉은 몸이 비틀거렸다.

"저 아저씨 말이야. 어딘지 모르게 기분 나쁘지 않냐?"

나는 엉뚱한 말로 대답을 피했다.

"걱정하지 마. 어른들에겐 청소년 기피증이 있잖아."

선유는 얼마 전 이 공원에서 있었던 폭력 사건을 떠올린 모양이었다. 나도 인터넷 뉴스에서 본 기억이 났다. 10대 아이들이 조각칼로 나무에 그림을 그리기도 하고, 담뱃불로 지지기도 하며 장난을 치고 있었다. 지나가던 할아버지가 나무를 훼손하면 안 된다며 훈계했다. 아이들은 참견 말라고 무시했지만, 할아버지는 훈계를 멈추지 않았다. 화가 난 아이들이 할아버지를 폭행했다. 생명에 지장은 없었지만, 할아버지는 크게 다쳤다. 사고 지점이 CCTV 사각지대였기 때문에 범행을 저지른 아이들을 찾는 게 쉽지 않다고 했다.

"이렇게 몰려다니면 아무도 못 건드리지."

선유가 어깨에 힘을 팍 주며 의기양양해 했다. 내가 피식 웃자

기분 나쁜 얼굴로 쳐다봤다. 나는 얼른 표정을 수습했다. 오빠의 기억공유를 통해 알게 된 선유의 상처를 내색할 수는 없었다.

"우리 해민이가 요즘 가출 중이라니, 비틀거리는 저 아저씨 걱정할 때가 아니지 싶다."

언니가 쯧쯧거렸다.

"가출이 뭐야, 허접하게. 출가!"

"도라도 닦으시나 봐요. 그래서 그런지 캐릭터보다 세시네요."

언니가 내 머리를 흐트러뜨리며 놀렸다. 나는 언니의 품에 내 비올라를 던져주고는 앞질러 걸었다.

집을 나온 지 삼 일째다. 오빠의 열정을 인정하지 않는 아빠가 원망스러웠다. 점점 초췌해지는 모습이 마음에 걸렸지만 혼란스러운 상태로 아빠와 부딪히고 싶지 않았다. 아빠를 보는 것만으로도 명치에 곰 한 마리가 앉아 있는 기분이다. 때론 아빠에게 향해 있던 화살촉을 내게 겨누고 죄책감에 시달리기도 했다.

찜질방에 있는 동안 오빠와 사고와 앙상블에 대해 정리해 보았다. 기억공유와 멤버들을 통해 오빠의 삶을 추적할 수는 있지만, 중요한 뭔가를 놓치고 있다는 생각이 들었다. 운전자가 주장하는 자살 의도, 그러니까 사고의 진실을 확인하기 위해서는 증거가 필요했다. 경찰서에 찾아가 보았지만, 조사하고 있다는 애매한 답변만 돌아왔다. 나는 악기 상점을 돌기 시작했다. 시간이 얼마나 걸릴지 모르지만, 동네부터 주변 지역까지 다 훑고 다닐

예정이다. 비올라를 판매했던 사람은 오빠를 마지막으로 만났던 사람일 테니까.

가출 이야기가 분위기를 흐려놓았다. 오늘따라 하늘빛까지 칙칙했다.

"나한테 관심 끄고 팀 이름이나 생각해봐."

내 말에 모두 진지한 표정이 되었다. 하지만 그럴듯한 이름은 나오지 않았고, 결국 흐지부지되고 말았다. 우리는 한적한 장소를 골라 다시 연습을 시작했다.

"세은아, 이 부분은 좀 더 섬세하게 표현해야 돼. 그래야 바이올린과 첼로가 부드럽게 섞이지."

햇살 오빠 주문에 언니가 감이 안 오다며 고개를 갸웃거렸다.

"얘들아, 나랑 햇살이랑 저기 가서 따로 연습할게. 호흡 맞춰야 하니까."

"둘이서만 맞추면 뭐 해. 우리 지금 하나도 안 맞는다고."

"해민이 네가 악보대로 안 치니까 그렇지. 자꾸 네 맘대로 고칠래?"

언니는 내 연주 습관에 불만이 많았다. 연습 중 수없이 지적을 당했지만 쉽게 고쳐지지 않았다.

나는 피아노를 배울 때처럼 악보대로 치면 가슴이 답답했다. 연주뿐이 아니었다. 똑같은 것을 반복하는 것에 마음이 알레르기 반응을 일으켰다. 비슷한 문제 유형만 나열한 문제집은 아예

사지도 않았고, 전교생이 똑같이 입는 교복도 싫었다. 유행하는 패션에는 관심 없고, 아무리 재미있어도 한 번 본 드라마나 영화를 또 보는 일은 없었다. 쉽게 싫증을 느끼는 내 성향은 앙상블 연주를 하면서 고스란히 드러났다. 악보에 박힌 박자와 음표대로 연주한 곡은 생명 없는 조화를 보는 느낌이었다. 나는 악보를 살짝 바꾸거나 연주 순간의 기분을 살려 변주했다.

"우리악보도해민이느낌대로편곡하면되잖아."

"말도 안 돼! 명곡을 시궁창에 빠뜨릴 일 있어?"

선유까지 나서서 나를 비난했지만, 햇살오빠의 제안에 마음이 기울었다. 하지만 곧 현실을 깨달았다. 편곡이라니……. 그 거창한 일을 내가? 가능성 없는 말이다.

티격태격하는 사이, 빗방울이 떨어지기 시작했다. 서둘러 악기부터 챙겼다. 50미터쯤 떨어진 곳에 지붕이 얹혀 있는 정자가 있었다. 악기를 끌어안고 정자를 향해 뛰는 사이, 갑자기 빗줄기가 거세졌다. 다행히 악기는 무사했지만, 네 사람의 옷은 물에 반쯤 빠진 생쥐 꼴이 되어버렸다. 선유가 조바심을 냈다.

"이러다 우리 다 감기 걸리겠어, 빨리 집에 가자."

"됐어. 금방 지나갈 소나기 같은데 뭘. 좀 더 연습해야지."

언니가 젖은 머리를 털며 대꾸했다.

"너희들, 햇살 연주 듣고 싶지 않아?"

"응. 듣고 싶지 않아."

언니 말을 선유가 단칼에 잘랐다. 언니는 선유의 반응을 무시하고는 햇살을 향해 눈웃음을 날렸다.

"햇살앙, 연주해 줄 거징?"

"저 오글거리는 눈빛 테러. 으~ 더 이상 못 보겠다."

내가 소름 돋았다며 팔을 쓸자 언니와 선유가 웃음을 터뜨렸다. 햇살오빠가 바이올린을 꺼냈다. 조율하는 동안 언니가 손뼉을 치며 폴짝거렸다. 나무 바닥이 흔들리고 삐걱거렸다.

"쉿!"

내가 언니에게 조용히 하라는 신호를 보냈다. 인터넷 서핑을 하다 누군가의 브런치에서 봤던 내용이 떠올랐기 때문이다. 기억공유를 하면서부터 검색어가 바뀌었다. 습관적으로 산이나 여행 정보를 찾아보곤 했는데, 이제는 앙상블, 연주곡, 악기 등 음악과 관련된 단어를 입력한다.

현악기는 초 예민한 성격을 가진 악기이다.

무대 위로 이동하는 짧은 순간에도 소리가 미세하게 달라진다. 심지어 무대 조명 빛만 닿아도 소리가 변한다. 연주자들이 공연 직전 조율을 하는 이유가 이 때문이다.

연주 전 조율을 하는 것처럼 나의 내면에서 일어나고 있는 불협화음도 조율해야 하지 않을까. 조율하며 나 자신과 화합하다

보면 언젠가 타인과도 화합할 수 있겠지.

연주가 시작되었다. 햇살오빠가 연주하는 곡은 '신이 잠든 사이에'였다. 오빠의 핸드폰을 통해 들을 때와는 다른 느낌이었다.

바이올린 줄을 통해 울리는 소리가 젖은 공기 틈에 스며들어 우리 주위를 감쌌다. 오늘 햇살오빠의 연주는 정신을 홀리는 것 같았다. 아무도 입을 열지 않았다. 숨소리조차 방해될까 미동도 할 수 없었다. 빗소리 이외에는 어떤 소음도 끼어들 틈이 없었다. 화려한 기교까지는 아니지만, 듣는 사람의 심장을 조이기도 하고 풀어주기도 했다. 오빠도 이런 느낌이었을까. 어떤 언어로도 표현할 수 없는 신비한 이끌림. 오빠가 음악에 빠져들던 순간의 느낌을 이제야 알 것 같았다.

폭풍우 몰아치는 바다에 한줄기 태양 빛마저 사라진다. 물고기 무리가 파도 결을 따라 헤엄치다 황급히 숨는다. 세상의 색이 하늘로 몰려든다. 색을 잃은 세상은 혼란의 도가니. 어둠은 장엄한 나무 곁에서 피날레를 준비한다. 천천히 스러지는 색을 품는다. 여운이 남아 머뭇거리는 빛 꼬리를 배웅하듯 떠오른 달무리. 뱃사람들은 나무 아래 앉아 달빛을 받으며 신을 부른다. 잠든 신을 깨우기 위해 불을 피우고 곡을 연주하고 춤을 춘다. 하늘은 색을 나누고 섞어 새로운 색을 창조해낸다. 보드라운 햇무리와 향기로운 색들의 향연. 바다도 물들고 세상도 물들고. 천천히 밀려드는 빛의 물결……

음 하나가 심장을 관통했다. 태양처럼 쨍한 소리였다. 몸에 전율이 일었다. 강렬한 섬광이 폭발한 순간, 하나의 문이 닫히고 새로운 문이 열렸다. 광활한 우주와 수많은 행성. 내가 만든 세상과 그 세상을 지배하는 존재. 비밀스러운 문.

열린 문을 통해 나를 본다. 잠들어버린 내 안의 신을. 그림자가 만든 허상이 악마의 눈으로 세상을 편집하고 있었다. 나는 보고 있어도 보지 못하고, 듣고 있어도 듣지 못하고, 알고 있어도 모르고 있었다. 가슴은 차가워졌고 꼬이고 비뚤어졌다. 가슴에 박힌 가시는 내가 만든 기억이었다. 엄마 잃은 상실감, 아빠에게 받은 상처, 오빠에 대한 열등감. 모든 건 내가 해석한 세계였다. 세상을 휘저으며 쏘다녔지만 나는 내 머릿속에서 한 발자국도 나간 적이 없었다. 가상현실에 갇힌 건 오빠가 아니라 나였다. 눈을 떠야 했다. 세상을 제대로 편집해야 했다.

정신을 차려보니 18분이 넘는 연주가 끝나 있었다. 모두 조용했다. 박수도 치지 않았다. 정적 사이로 빗소리만 고요히 울리고 있었다.

"햇살과 비의 협주 완전 짱이다!"

언니의 말에 잠겨 있던 생각에서 빠져나왔지만, 일부는 여전히 내 안에 머물러 있었다. 음 하나에 이토록 묵직한 의미를 담을 수 있다니!

"이 곡 제목이 뭐야?"

선유도 감동한 표정으로 물었다. 햇살오빠가 곡 제목을 알려주자 언니가 고개를 갸웃했다.

"신이 잠든 사이에? 처음 듣는 곡인데……, 아! 해준이가 같이 합주해보고 싶다고 했던 곡이 이거였구나."

"매일연습하고있는데너무어려워.전곡을마스터하는게내목표야."

"멋지다, 우리 햇살!"

언니가 감동한 표정으로 뒤늦게 손뼉을 쳤다. 햇살오빠를 보았다. 바이올린이 닿은 턱 부분이 거무스름했다. 오빠의 실력이 집요한 연습으로 이루어진 결과라고 생각하니 왠지 멋있어 보였다.

어느새 잦아든 빗줄기 사이로 어둠이 내려앉고 있었다.

"으앗, 벌써 깜깜해지고 있어!"

선유가 후다닥 일어섰다.

"얘들아, 우리 조금만 더 있다 가자."

"어두워지는데 여기서 뭘 하려고?"

언니 말에 선유가 퉁바리를 주었다. 언니는 그까짓 어둠쯤이야 하는 말투로 신이 잠든 사이에를 연습해보자고 했다.

"연주고 뭐고 배고파 죽겠어. 난 아르바이트 끝나고 바로 오느라 점심도 못 먹었다고."

선유 말을 들으니 나도 허기가 느껴졌다. 언니가 가방을 뒤졌다. 바스락거리더니 감자 칩 과자를 꺼냈다. 과자는 순식간에 사라졌다. 이 과자가 이렇게 맛있는지 처음 알았다며 선유가 아쉬운 듯 입맛을 다셨다.

"야! 너 손도 안 닦고 바이올린 만지면 어떻게 해. 과자 기름다 묻잖아."

언니 말에 바이올린을 들어 올리던 선유가 움찔했다. 뭐라 말하려다 말없이 옷자락에 손가락을 닦았다. 그러고는 조심스럽게 바이올린을 집어 언니에게 내밀었다.

"이거 가져가."

"앙상블 안 하겠다고? 그까짓 걸로 삐지냐? 암튼 쪼잔하다니까."

언니가 눈을 흘겼다. 나도 한마디 했다.

"이제 와서 빠지면 안 되지."

"그만두는 거 아니야. 조금 더 모으려고 했는데, 그냥 싼 거 사면 되지 뭐. 그동안 잘 썼어."

"너 바이올린 사려고 돈 모으고 있었던 거야?"

내가 물었다.

"실력도 제일 후진데 악기마저 빌려 쓰려니……, 딱 이 과자 부스러기 같잖냐."

선유가 빈 과자 봉투를 흔들어 보였다.

"난 부스러기까지 다 먹는데."

나는 선유 손에 들려있던 과자 봉투를 빼앗아 입속에 털어 넣었다. 선유가 어이없는 표정을 짓다 헤벌쭉 웃었다.

"그럼 이거 네가 사. 어차피 난 필요 없는 물건이니까."

언니가 바이올린을 다시 내밀었다. 얼마에 팔 거냐고 묻자 언니가 십만 원과 오만 원 사이에서 흥정했다. 그러다 인심 쓰듯 기분이다, 오만 원! 하고 외쳤다.

"엄마한테 안 물어봐도 돼?"

"내 거니까 내 맘대로 하는 건데 뭘. 오케이?"

"칠만 원에 살게."

"나야 뭐, 더 비싸게 사겠다는데 마다할 이유가 없지."

선유 표정이 한결 편안해 보였다. 이제 선유 마음은 흔들리지 않을 것 같았다. 사실 선유가 바이올린 비용을 갚을 거라 기대도 하지 않았다. 팀에 들어오는 조건이라고 했으니까. 매주 몇만 원씩 갚을 때도 그러다 말겠지 했는데 어느새 다 갚았다. 그런데도 선유는 아르바이트를 계속하고 있었다. 용돈을 벌기 위해서인 줄 알았는데……. 선유 녀석, 보기와는 다르게 괜찮은 구석이 있다. 점점 마음에 드는걸.

어둠이 더 짙어졌다. 우리는 악기를 챙겨 공원을 나섰다. 앞이 잘 보이지 않았다. 핸드폰 불빛에 의지해 길을 더듬거리며 공원 입구를 찾았다. 다행히 비는 완전히 그쳤다.

"아, 배터리 아웃되기 직전이다."

선유가 말했다. 그때 언니 핸드폰 벨이 울렸다. 아줌마였다. 에휴, 하필 이때. 언니가 투덜거리며 전화를 받았다.

"나 친구 경아 집에서 공부하고 내일 아침에 갈게. 핸드폰 꺼 놓을 거야. 자꾸 단체 톡이 와서."

언니는 자기 할 말만 하고 끊었다. 그러고는 어딘가로 전화를 했다. 엄마한테 연락 오면 자고 있다고 말해달라며 알리바이를 지시하는 걸 보니 경아라는 친구인 듯했다.

"우리 엄마 이렇게 안 하면 나 집에 갈 때까지 지구 다 휩쓸고 다닐 거야. 딸을 성인으로 인정할 준비가 안 됐거든. 흑. 내 것도 꺼지겠다."

언니 말이 끝나자마자 화면이 꺼져버렸다. 내 핸드폰 배터리 마저 공원 입구를 찾기 전에 바닥났다. 햇살오빠 핸드폰도 10분 을 못 버틸 것 같았다.

"어떡해. 좀비 튀어나올 거 같아."

"좀비한테 먹히기 전에 배고파 뒤지겠어. 그런데 여긴 어떻게 가로등 하나 없냐?"

언니는 찡얼거리고, 선유는 꼬르륵거리는 배를 끌어안고 주 저앉았다. 어디선가 날카로운 동물 울음소리가 들렸다. 언니가 비명을 지르며 내 옷자락을 잡았다.

"밤새 해뜨길 기다릴 수도 없고. 여기 어디쯤이 입구였던 것 같아."

나는 따라오라며 앞장섰다. 겁나는 건 나도 마찬가지다. 그러나 혼자가 아니어서일까, 이 정도 공포감은 얼마든지 견딜 수 있을 것 같았다. 우리는 서로의 옷자락을 잡고 하나의 불빛에 의지한 채 더듬더듬 길을 찾았다. 얇은 여름 티셔츠는 훈훈한 밤바람에 거의 말라 있었다. 하지만, 청바지는 여전히 축축했고, 엉덩이가 따끔거렸다. 어둠 속에서 어렴풋이 드러난 공원 팻말이 보였다. 우리는 입구 쪽으로 걸어갔다. 그 사이 선유 핸드폰마저 꺼지고 말았다. 큰 도로가 나왔다. 차들이 어둠 속을 쌩하고 지나갔다. 차의 불빛에 의지해 주위를 살폈다. 도로 건너편에 평평하게 닦인 벌판이 보였다. 전혀 모르는 곳이었다.

"여기가 도로니까 버스 정류장이 보일 거야. 좀 더 가보자."

"다리 아파 죽겠어. 더는 못 가."

내 제안에 언니가 바닥에 털썩 주저앉았다.

"그러게 아까 집에 가자고 했잖아. 남자들 같으면 저런 벤치에서 한숨 자면 되는데."

"선유 넌 내가 여자로 보이냐? 난 너 같은 꼬맹이는 남자로 안 보니까 자고 싶으면 자."

"그냥 그렇단 얘기지. 누나랑은 진짜 말이 안 통한다니까."

언니와 선유는 아무것도 아닌 일로 투닥거렸다.

"방향을모르니까날이밝을때까지여기서기다리는게좋을거야."

햇살오빠 의견에 모두 동의했다. 우리는 공원 안쪽에 나란히 놓인 벤치를 하나씩 차지하고 누웠다. 탁 트인 밤하늘과 겨우 찾은 별빛 하나. 바람에 살랑거리는 나뭇잎. 눈앞에 보이는 건 그것뿐이었다. 자연이 주는 더없이 평안하고 포근한 순간. 여행이라도 온 것 같았다. 한참 누워있자 긴장이 풀리며 피로가 몰려왔다. 귓가를 맴돌며 왱왱거리는 모기를 쫓는 것도 귀찮았다. 앙증맞은 새 소리가 아득히 멀어지고 있었다.

"어쭈, 요놈들 봐라! 세상이 아주 호락호락하지?"

낯선 목소리에 잠이 깼다. 아직 주위는 어두웠고, 뜸해진 자동차 불빛만 가끔 나타났다 사라졌다. 추웠다. 소름 돋은 팔뚝을 문지르며 일어나 앉았다.

"너들 머릿속엔 대체 뭐가 들었냐?"

고개를 들어보니, 두 사람의 실루엣이 눈앞에 버티고 서 있었다.

"누구……세요?"

"어른들 세계가 얼마나 무서운지 알려 줄 사람."

위협적인 말투에 잠이 싹 달아났다. 배트맨의 악당 조커가 연상될 만큼 섬뜩한 목소리였다. 내 얼굴을 향해 불빛이 달려들었다. 불빛은 어딘가로 천천히 이동했고, 내 눈은 빛에 적응했다. 맞은편 벤치 위에 나란히 앉아 있는 멤버들이 보였다. 무릎을 꿇은 채였다.

"얘도 깼으니 제대로 혼 좀 내볼까?"

또 다른 남자가 하이톤의 코맹맹이 목소리로 말했다.

갓길 쪽으로 자동차 한 대가 비상깜빡이를 켠 채 서 있었다. 자동차를 보다 고개를 돌렸을 때였다. 퍽. 시커먼 실루엣이 내 배를 발로 찼다. 거대한 손이 뱃속 장기를 비트는 것 같았다.

"요놈들, 말썽이 십 대 특권인 줄 알지? 오늘은 또 무슨 못된 짓 하려고 이 시간까지 어슬렁거려, 응?"

"저희 그런 애들 아니거든요. 저랑 앤 십 대도 아니라고요."

코맹맹이 말에 언니가 햇살오빠를 가리키며 발끈했다. 두 남자가 언니를 돌아보더니 천천히 걸음을 옮겼다.

"에휴! 머리에 피도 안 마른 것들이 어른 흉내나 내고, 욕설 날리고, 거기다 할아버지를 패? 나쁜 놈들 같으니라고!"

조커가 세 사람 머리를 툭툭 쳤다. 며칠 전 할아버지 폭행 사건을 말하는 건가. 뭔가 잘못됐구나 싶었다.

"그거 우리 아니에요."

"어라, 너 여자였어?"

조커가 빈정거리며 내 짧은 머리카락을 툭툭 건드렸다. 속이 부글부글 끓었다.

"발뺌해도 소용없다. 니들 우리한테 딱 걸렸거든. 경찰은 맹탕이지, 위에서는 공원 관리 잘못했다고 책임 떠넘기지. 하도 분해서 아저씨들이 며칠 동안 여기 다 뒤지고 다녔거든. 몰려다니는 애들은 너희들밖에 없었어. 그런데 어디서 오리발이야! 당장 경찰에 넘겨서 소년원에 보내버리고 싶은데, 열 받아서 도저히 얌전히 보낼 수 없단 말이지."

코맹맹이가 언성을 높였다.

"진짜 아니에요. 우린 여기 연주하러 오는 거예요. 보세요!"

언니가 악기를 들어 보였다. 두 남자는 악기를 거들떠보지도 않고 조용히 하라며 고함쳤다. 언니는 기절할 것 같은 얼굴로 입을 꾹 다물었다.

"몸이 부서져라 일했는데, 니들 같은 망나니들 때문에 쫓겨나게 생겼어! 어떻게 책임질 거야, 엉?"

허접한 근거만으로 우리를 범인이라고 확신하다니. 진짜 그렇게 믿는 건지 믿고 싶은 것인지 묻고 싶었다. 두 사람은 사회를 떠들썩하게 했던 청소년 범죄를 두서없이 나열했다. 모든 일이 마치 우리가 저지른 일인 양 추궁했다.

오빠의 기억 속에서 담임선생님이 했던 말을 떠올렸다. 시대와 문명과 언어가 같아도 우리는 서로 이해할 수 없다는 말의 의미가 현실적으로 와 닿았다. 지금 외계인과 만나고 있는 거라면, 저들이 외계인일까, 우리가 외계인일까. 아니면 모두 외계인일까.

생각에 빠져 있는데 조커가 조롱하듯 피식거리며 내게 다가왔다.

"어쭈, 표정 봐라! 상황 판단이 안 되나 보네."

"상황 판단 못 하는 건 아저씨들이죠!"

대답이 끝나기도 전에 조커가 내 머리를 후려쳤다. 머릿속에서 징 소리가 울렸다. 나는 두 손으로 머리를 감싸고 주저앉았다. 순간, 도망치고 싶은 마음이 굴뚝같았다.

"먼저 폭력 휘두른 거 맞죠?"

나는 말을 뱉자마자 조커의 정강이를 걷어찼다. 조커가 비명을 지르며 다리를 붙잡고 방방 뛰었다. 그러다 독기 가득한 눈으로 나를 향해 두 팔을 뻗었다.

"여자애들은건드리지말라고."

햇살오빠가 조커를 밀치고는 내 앞을 막아섰다. 하지만 곧 조커의 주먹 한 방에 맥없이 쓰러졌다.

"야, 너 래퍼냐? 말투 참 특이하네."

조커가 햇살오빠 옷자락을 잡아 일으켰다. 그때, 코맹맹이가 햇살오빠 악기를 들어 올렸다. 허공을 가로지르며 바닥에 패대기치려는 순간이었다. 눈 깜짝할 사이에 그놈 손에 있던 바이올린이 사라졌다. 악기는 선유 손에 들려있었다. 선유는 햇살오빠와 자신의 바이올린을 품에 안은 채 그 위에 엎어졌다. 얼떨결에 악기를 빼앗긴 코맹맹이가 헛웃음을 치더니 욕설을 내뱉었다. 곧 선유에게 다가가 구부린 등을 향해 발을 들어 올렸다.

"안 돼!"

내가 몸을 날렸다. 코맹맹이와 함께 나동그라지면서 팔꿈치 주변에 날카로운 통증이 느껴졌다. 코맹맹이가 먼저 몸을 일으켰다. 그러고는 바닥에 엎어져 있는 내 옷자락을 잡았다.

"아, 이것들이 말을 못 알아 처먹네."

코맹맹이가 나를 향해 주먹을 날리려던 순간이었다.

쨍! 삐웅삐웅삐웅삐웅. 뭔가가 깨지는 것 같더니 고막을 찢을 듯 요란한 소리가 들렸다. 두 사람은 욕을 내뱉으며 갓길에 세워놓은 자동차로 달려갔다.

"튀어!"

내가 소리치자 모두 악기부터 품에 안았다. 한쪽은 어둠에 싸인 공원, 다른 쪽은 도로. 어느 방향으로 가야 할지 몰라 우왕좌왕했다.

"이쪽!"

일단 저들에게서 멀어지는 것이 좋을 거란 판단이 들어서 공원 쪽으로 뛰었다. 그 사이 자동차에서 들리던 소리는 멈췄다. 하지만 곧 우리를 덮칠 것만 같았다.

하늘은 서서히 새벽으로 접어들고 있었다. 뒤를 돌아보았다. 선유가 바람 인형처럼 긴 팔과 긴 다리를 휘두르며 휘청휘청 달려오고 있었다.

선유 뒤쪽에서 어떤 사람이 우리를 바라보고 서 있었다. 저 사람은! 늘 술에 취해 있던 아저씨였다. 한 손에 깨진 소주병이 들려있었다. 아저씨가 자동차를 향해 소주병을 내리친 모양이었다. 남자들은 보이지 않았다. 나는 아저씨를 향해 고개를 숙여 인사했다. 아저씨가 빨리 가라며 손을 흔들었다. 겉모습만으로 아저씨를 판단하다니……. 내 눈이 세상을 제대로 보려면 아직 멀었나 보다.

공원을 벗어나자 다른 쪽 도로가 나왔다. 언니가 더는 못 뛰겠다며 주저앉았다. 햇살오빠도 멈춰 서서 숨을 골랐다.

"건너!"

내가 소리쳤다. 아직 안심할 때가 아니었다. 내가 먼저 도로를 가로질러 뛰었다. 모두 나를 따라 도로를 건넜다.

끼이이익!

나, 세은이 언니, 햇살오빠가 동시에 뒤를 돌아보았다. 트럭이 도로 중앙선에 삐딱하게 걸친 채 서 있었다. 선유가 보이지 않았다. 조금 전까지만 해도 내 뒤를 따라오고 있었는데. 등에서 식은땀이 흘렀다. 우리 셋은 허옇게 질린 얼굴로 트럭을 바라보았다.

운전석 문이 열렸다. 30대 정도 돼 보이는 아저씨가 휘청거리며 차에서 내렸다. 아저씨 얼굴도 사색이 되어 있었다.

"어떡해!"

언니가 주저앉으며 울음을 터뜨렸다. 햇살오빠가 천천히 운전자에게 다가갔다. 운전자가 트럭 앞을 돌아 반대쪽으로 갔다. 나도 후들거리는 다리를 겨우 떼어 도로 안으로 들어갔다. 짧은 순간 수만 가지 생각이 떠올랐다. 선유를 만났을 때의 일과 말로만 들었던 오빠의 사고 장면과 선유가 오빠처럼 누워있는 모습.

"야, 너 죽고 싶어?"

트럭 아저씨가 소리쳤다. 그렇다면, 선유는.

"선유야!"

우리는 선유를 부르며 트럭 쪽으로 달려갔다. 선유가 도로에 주저앉아 있었다. 바이올린을 품은 채.

"괜찮아?"

내가 선유 어깨를 감싸며 물었다. 선유 몸이 부들부들 떨렸다. 아저씨가 선유 몸을 살폈다.

"타. 일단 병원부터 가자."

"부딪히진 않았어요. 그냥…… 주저앉은 건데……."

트럭이 출발하고 5분 정도 지난 후 선유가 말했다. 아저씨는 그래도 확실히 하자며 병원 응급실로 갔다.

"뼈에 이상도 없고, 타박상도 눈에 띄지 않네요."

몇 가지 검사를 한 후 의사가 말했다. 그리고는 내 옷에 묻은 피를 보더니 몸을 살폈다.

"치료는 이 학생이 받아야겠는데."

그제야 기분 나쁘게 욱신거리던 통증을 알아차렸다. 팔꿈치 주변을 다섯 바늘 꿰매고 병원을 나왔다.

아저씨는 지하철역 입구까지 우리를 데려다주었다. 나중에라도 아픈 데 있으면 연락하라며 선유에게 명함을 건넸다. 세 사람은 자꾸 붕대 감은 내 팔을 보며 안쓰러워했다. 원하는 건 뭐든 다 해줄 것 같은 분위기였다. 나는 하나도 안 아픈데 짐짓 인상을 쓰며 끙끙거렸다. 그럴 때마다 모두 미안해 어쩔 줄 몰라 했다. 선유는 악기를 들어 주고, 언니는 내가 목마르다고 하자 멀리까지 뛰어가서 음료수를 사다 줬다. 햇살오빠는 지하철에 자리가 나자마자 얼른 나를 앉혔다. 히힛. 붕대 풀 때까지 엄살 좀 부려야겠다.

"완전 긴 밤이었어."

언니가 내게서 빈 음료 캔을 가져가며 말했다.

"스릴 넘치는 노숙이었지."

선유가 맞받아쳤다.

"앙상블 팀만 안 엮었어도 이런 스릴은 못 느꼈을 거야. 해준이한테 할 말이 많겠는걸."

언니가 씩 웃으며 말을 이었다.

"전설 속에 나오는 새 있잖아. 그게 뭐더라……. 맞다, 비익조! 비익조는 새지만 날 수가 없대. 눈이랑 날개가 한쪽밖에 없거든. 하지만 딱 한 가지 날 수 있는 방법이 있어. 그게 뭔지 알아?"

"몰라. 퀴즈 같은 거 질색이니까 빨리 말해."

선유가 재촉했다.

"자신의 반대쪽 날개를 가진 새를 찾으면 된대. 그럼 함께 박자를 맞춰 날갯짓하는 거지."

우리는 아무도 말하지 않았다. 모두 나처럼 언니가 비익조 이야기를 왜 꺼냈을까 생각하고 있는 듯했다.

어느 한쪽이 모자라 기우뚱거리다 좌절하고 불안해하는 우리. 개성도 다르고, 환경도 다르고, 성도 다르지만, 마음을 모아 날개를 맞대면 날 수 있지 않을까. 음악이라는 날개를 달고 화음과 리듬을 맞추면서. 함께 하고 싶은 속성이 강한 비올라를 닮은 오빠. 오빠가 음악을 통해 나누고 싶었던 것은 마음이 아니었을까.

"다울 어때? 우리 팀 이름 말이야."

"그게 무슨 뜻이야?"

내 제안에 언니가 물었다.

"다 함께 어울리다. 음, 해석하자면……."

"해석은 됐고, 괜찮네. 다울."

내 말이 길어지려 하자 선유가 잘랐다. 세은이 언니와 햇살오빠도 찬성이었다. 다울 팀. 이름이 정해지자마자 언니는 공동체 의식이 필요하다며 뜬금없는 제안을 했다.

"가을에 '청소년 클래식 음악경연대회'가 있거든. 우리 거기 도전하자, 콜?"

청소년 클래식 음악경연대회라면 세긴 세다. 이제 뒤뚱거리며 걸을까 말까 하는 중인데.

"난 별로."

선유가 난색을 표했다. 햇살오빠도 고개를 흔들었다.

"연주는 나 자신을 위해 하는 거야. 남 앞에서는 건 싫어."

"이건 해준이의 첫 번째 목표였어. 음악을 향한 마음이 동경인지, 숙명인지 확인하고 싶어 했거든. 대회 참가하려면 열정이 필요하잖아. 준비 과정에서 확신할 수 있을 거라 생각한 거지. 그런데 이미 해준이는 알고 있었던 것 같아. 단지, 아빠를 설득하기 위해 스스로 미션을 준 거겠지."

맥 빠진 목소리로 언니가 말했다. 결국 오빠는 아빠를 설득하지 못했다. 그 결과가 사고에 영향을 미쳤을까. 생각에 빠져 있는 사이 하늘 끄트머리에 걸려 있던 태양이 완전히 모습을 드러냈다. 배가 고팠지만 우리는 각자 집으로 흩어졌다.

나도 딴 길로 새지 않고, 집으로 갔다.

현관 비밀번호를 누르는데 문이 열렸다. 아빠였다. 출근하는 길인 것 같았다. 아빠는 나를 보자마자 버럭 고함부터 질렀다. 쉽게 넘어가지 않을 거라 각오하고 있었지만, 막상 닥치고 보니 감정 조절이 되지 않았다.

"대체 넌! 팔은 왜 그 모양이야? 뭘 하고 다니길래……."

아빠는 한숨을 쉬고는 붕대 감은 팔과 피로 얼룩진 티셔츠를 훑었다. 나는 아무 말도 하지 않았다.

"오빠가 저렇게 병원에 누워있는데, 넌 언제까지 말썽이나 부릴 참이냐?"

내가 하고 싶은 말을 아빠가 먼저 했다. 내 안의 외계인이 불쑥 튀어나왔다.

"죄송해요. 말썽만 부리는 내가 사고를 당했어야 했는데. 병원에 누워있는 사람이 오빠가 아니라 나여야 했는데."

"그게 무슨 말이야!"

빈정거리는 내 말에 아빠가 버럭 소리를 질렀다. 울고 싶지 않은데, 말을 내뱉고 보니 서러움이 밀려왔다. 겨우 잠재운 감정이 서서히 끓어오르고 있었다.

"찌질하게 태어난 게 내 잘못은 아니잖아. 아빠 딸로 태어난 것도 내 잘못 아니고. 그러니까 아빠의 불행을 내 탓으로 돌리지 마. 나도 아빠가 내 아빠라는 게 끔찍하게 싫지만 참고 사는 거니까."

"참을 거면 더 참아! 밖으로 나돌지 말고."

나는 잔소리 끝에 한심하다는 단어가 나올까 봐 조마조마했다. 그러면서도 속에서 치밀어 오르는 화를 제어할 수가 없었다.

"밖이 집보다 나아. 적어도 지옥은 아니니까!"

"집이 지옥이라는 거야, 지금?"

옆집 현관문이 열리며 아줌마가 고개를 내밀었다. 아빠가 굳은 표정으로 옆집 아줌마에게 사과했다. 애써 화를 누르는 게 보였다. 아줌마의 한숨 소리와 함께 옆집 문이 닫히자 아빠가 엘리베이터 버튼을 눌렀다. 17층에 멈춰 있던 엘리베이터 문이 열리고 아빠가 안으로 들어갔다. 문이 닫히기 전 나는 아빠에게 기어이 한 방을 먹이고 말았다.

"아빠가 있는 곳이 지옥이라고!"

나는 악을 쓰며 소리를 질렀다. 아빠는 모를 것이다. 다친 팔보다 내 인생을 걱정해주던 아빠의 말이 더 아팠다는 걸. 오빠도 그랬을 거다.

다시 조율하려던 내 세상이 아빠라는 외계인을 만나자마자 암흑 속으로 가라앉고 있었다.

피카르디 3도

일곱 개의 음계에도 위계질서가 있다. 장음계를 중심으로 볼 때 가장 강력한 지배력을 자랑하는 음은 '도'다. 음계의 첫소리인 '도'의 이름은 '으뜸음'. 최고란 뜻이다. 으뜸음은 꿀벌 사회를 통솔하는 여왕벌처럼 다른 음을 이끌며 선율과 화성을 만들어낸다.

두 번째 서열은 '솔'과 '파'. '딸림음'과 '버금딸림음'이라고 불리며 으뜸음과는 가장 가까운 존재다. 햇살 좋은 오후 여왕벌이 하늘 높이 날아오르면 수벌들도 일제히 비행을 시작한다. 여왕벌 바라기가 된 수많은 수벌. 그 수벌들처럼 딸림음과 버금딸림음은 으뜸음만 바라본다.

독립성이 가장 약한 음은 '시'다. 시는 으뜸음인 도에게 자꾸 엉겨 붙으려 한다. 그래서 이름도 이끔음이다. 도에게 이끌린다는 의미다. 일곱 개의 음을 노래로 부르면 시의 존재감이 금방 드러난다. 도 레 미 파 솔 라 시. 볼일을 보다 말고 화장실을 나올 때처럼 찜찜하다. 하지만 '시' 옆에 '도'를 붙이면 편안하고 완성된 느낌이다. 도 레 미 파 솔 라 시 도. 안정적인 음악이 되려면 '시' 다음에 반드시 '도'가 와야 한다. 여왕벌과 수벌 없이 일벌이 존재할 수 없듯 '시' 혼자서는 시작도 끝맺음도 못 하는 덜떨어진 음이니까.

'시'가 바로 내 존재다.

17년이란 시간 동안 내 삶의 '도'는 아빠였다. 아빠 옆에 붙어 있을 때 나는 가장 안정적이고 편안했다. 첫걸음마를 떼던 순간에도 아빠가 옆에 있었고, 코감기에 걸렸을 때 막힌 코를 뚫어준 것도 아빠였다. 배드민턴을 배울 때, 내가 날려버린 셔틀콕을 찾아내듯 아빠는 모든 것을 해결해 주고 채워주었다. 그 대신 조건이 있었다. 내 삶의 권한을 아빠에게 드리는 것.

아빠와 나의 관계가 '도'와 '시'라면, 엄마는 딸림음인 '솔'이었다. 아빠와 티격태격하다가도 결국은 아빠 의견에 따랐다. 하지만 언제부터인가 우리 가정의 화음은 깨져버렸다. 엄마의 빈자리 때문이 아니었다. 불협화음을 만든 최초의 주자는 해민이다. 해민이도 '시'의 존재로 '도' 곁에서 편안하고 안락한 생존의 법칙에 잘 적응했었다. 그 삶을 즐기는 것처럼 보이기도 했다. 그런데 몇 년 전 편안한 '도'의 곁을 박차고 음계에서 이탈하고 말았다. 내 인생이니까 내 맘대로 살겠다는, 사춘기의 유치한 이유를 대면서. '시'가 사라진 음계 상태가 어떨지는 굳이 말하고 싶지 않다. 단지 불협화음의 후폭풍을 고스란히 맞은 건 나였다.

나는 해민이처럼 반항할 엄두도 내지 못했고, 음계에서 이탈하는 건 시도조차 하지 못했다. 오히려 으뜸음에 더 다가가는 독립성 제로인 이끔음이 되어버렸다. 중학교 졸업을 앞둔 여행에서 일어난 3분 사건 전까지는. 그날 이후 내 삶의 '도'는 아빠가 아니라 '음악'이 되었다.

아빠가 밥 먹다 말고 뭐하냐고 퉁바리를 주었다. 그제야 숟가락을 든 채 먼 산을 보고 있었다는 걸 깨달았다. 마음이 잡히지 않았다. 머릿속에 음악과 앙상블이 가득 차 있다. 그리고 가끔 해민이를 생각했다. 해민이와 함께 연주할 날이 있을까.

이틀째 동생 방은 비어있다. 제발 날 좀 내버려 두라고. 언젠가 내가 잔소리를 하자 해민이가 고함쳤다. 해민이의 목소리가 내 머리를 후려치는 것 같았다. 아빠를 이해하지만, 때로는 인내심이 한계에 다다랐을 때 쏟아내고 싶었던 말이었다. 어느새 나는 아빠가 나를 대하는 것과 똑같은 모습으로 동생을 대하고 있었다. 해민이가 아빠와 나로 인해 얼마나 힘들었을지 생각하니 눈을 마주칠 수 없었다. 해민이의 빈 방을 바라볼 때마다 나에게 환멸이 느껴졌다. 해민이의 방황이 내 탓인 것만 같아 고통스러웠다.

아빠가 방문을 열고 간식을 두고 갔다. 아무 말도 하지 않았지만, 등 뒤로 무언의 잔소리가 느껴졌다. 모의고사 성적이 하향곡선을 그리고 있어 아빠가 초조해한다는 것도 알고 있다. 꿈은 대학 밖에 있지만, 대학만 보고 달려야 하는 현실. 입시가 끝나면 자유롭게 음악을 할 수 있을까. 대학생이 된 나의 모습이 그려지지 않았다.

방문을 닫고 있어도 아빠한테 감시받는 느낌이 들었다. 머리가 지끈거렸다. 독서실에 가기 위해 집을 나왔다. 독서실 앞에서 망설이다 발길을 돌렸다. 아무리 다잡아 보려 해도 마음이 흐트러졌다. 음악을 들으며 어둠 깔린 거리를 걸었다. 얼마 전까지만 해도 내 길은 정해져 있고, 그 길을 가는 방법이 훤히 보였는데 지금은 희미해지고 있다. 귀로 흘러들어오는 음악이 다른 세상에 존재하듯 멀게 느껴졌다. 나를 감싸고 있는 세계가 흔들렸다. 흔들리는 세상에서, 블랙홀에 갇힌 것 같았다.

문득 낯선 길로 접어들었다는 걸 깨달았다. 불빛 하나 없는 오솔길이 여러 갈래로 나눠 있었다. 안개까지 자욱하게 몰려들었다. 한 치 앞이 보이지 않는 길. 식은땀이 났다. 안개 사이를 헤치며 걸었다. 다리에 쇠를 달아 놓은 것처럼 무겁게 느껴졌다.

어디선가 피아노 소리가 들렸다. 소리 나는 쪽으로 발길을 돌렸다. 한참을 걸었지만, 소리는 가까워지지도 멀어지지도 않았다. 피아노 소리가 나는 곳의 방향도 가늠할 수 없었다. 두려웠다. 어디로 가야 하나. 어느 길도 익숙한 곳이 없다. 낯선 곳에 나는 혼자다. 함께 있는 건 피아노 소리뿐. 음 하나하나가 빗방울이 되어 가슴으로 떨어졌다. 빗방울은 따뜻했다. 따뜻한데 가슴이 시렸다.

누군가의 손길이 느껴졌다. 손은 내 뺨을 훑고 이마를 어루만졌다. 빗방울만큼이나 따뜻한 손길이었다.

"열은……없는데."

손에도 마음을 담을 수 있구나. 엄마일까, 아빠일까. 피아노 소리는 점점 더 선명해지고 있었다. 리듬이 여운을 만들며 감정을 휘저었다. 애잔한 선율이 심장 깊숙한 곳에 박힌 아픔을 끄집어냈다. 아픔의 일부는 그리움일지도 몰랐다. 그렇다면……, 고개를 들고 눈을 떴다.

환한 빛, 포근한 냄새, 낯선 방안의 연주자. 아! 맞다, 햇살. 그제야 어젯밤 늦게 햇살네 집에 왔던 것이 기억났다. 나는 이불속에 몸을 파묻은 채 피아노 쪽을 바라보았다. 피아노 앞에 앉은 사람은 햇살, 아니 할아버지였다. 창문을 통해 들어오는 햇볕이 연주자에게 스포트라이트를 비추고 있었다. 음악과 햇볕 때문일까, 여전히 꿈속인 듯 할아버지의 모습이 신비해 보였다.

햇살이란 남자를 만난 건 가파른 언덕 입구에서였다. 교통편을 검색하다 꺼져버린 핸드폰만 물끄러미 내려다보고 있을 때였다. 누군가의 발이 내 앞에 멈춰 섰다. 나는 차마 집에 가는 길을 잃었다고 말할 수 없었다.

그의 집은 S자 모양의 언덕에 있었다. 오밀조밀한 집들이 간격을 두고 마주 바라보는 동네였다. 창문을 통해 새어 나오는 전등 빛과 가로등이 어린 가로수와 어우러져 운치 있어 보였다. 오분도 채 지나지 않아 다리가 후들거렸다.

"거의 다 와가."

내가 헉헉거리자 앞서 걷던 그가 뒤를 돌아보며 말했다. 숨이 목구멍까지 차오르고 다리에 힘이 빠져 주저앉으려던 찰나 그가 멈춰 섰다. 고개를 들어보니 파스텔톤의 보드라운 전등이 대문 앞을 비추고 있었다. 마치 그림책에 나올 것 같은 아담하고 예쁜 집이었다.

할아버지가 피아노 뚜껑을 덮고 나를 돌아보았다. 나는 그제야 이불 속에서 빠져나오며 어정쩡하게 인사했다.

"할아버지, 지금 그 곡 쇼팽의 녹턴 9번 맞죠?"

"정확하게 말하면 9번의 세 곡 중 첫 번째 곡이지."

"잠결에 들어서 그런가, 음악의 흐름이 끝부분에서 달라진 것 같아요."

"제대로 들었구나. 피카르디 3도로 마쳐서 그렇단다."

"피카르디 3도요?"

"슬픈 느낌이 나는 단조로 흘러가다 장3화음을 사용해서 경쾌하게 끝내는 것을 피카르디 3도라고 한단다. 이 곡도 후반으로 가면서 주제가 바뀌고 마지막에는 밝고 평화롭게 마무리되지."

피카르디 3도라. 왠지 매력적인 기법이다.

집안을 둘러보았다. 어젯밤에는 피곤하고 배고파서 겨를이 없었는데, 이제야 여유가 생겼다. 작고 낡은 집이지만 모든 물건이 깔끔하게 정리되어 있었다. 벽에는 작은 흠조차 없고 창문과 거울에도 손자국이 남아 있지 않았다. 바닥을 뒹구는 물건도 눈에 띄지 않았다. 흐트러진 것은 아무것도 없었다.

부엌에서 구수한 된장 냄새가 풍겼다. 나는 거실과 붙어있는 부엌을 통과해 마당으로 나갔다. 얼핏 보니 할아버지가 흥얼거리며 무언가를 하고 있었다.

마당이랄 것도 없는 작은 공간이지만, 알록달록한 채송화와 오이가 자라고 있었다. 오이는 매달아 놓은 노끈에 의지해 벽을 뒤덮은 후 옆으로 가지를 뻗어 영역을 넓히는 중이었다. 길게 엉겨 자라는 줄기는 가느다란 촉수로 무엇이든 붙잡아 돌돌 말았다. 쪼그라들기 시작한 노란 꽃송이와 가지 사이에 이제 막 태어난 오이가 앙증맞게 대롱거렸다. 나는 열매를 맺기 위해 필사적으로 생명을 지키려는 모습을 넋 놓고 바라보았다.

"다 됐다, 어여 아침 먹어라."

할아버지가 마당을 향해 고개를 내밀고 말했다.

밥상 위에는 된장찌개와 계란말이와 김치가 놓여 있었다. 주로 배달 음식이나 간편식을 먹었는데, 누군가의 손길이 닿은 음식은 오랜만이었다. 목구멍에서 무언가 울컥 올라왔다. 그 바람에 고개를 끄덕이는 것으로 감사한 마음을 전해야 했다.

아침을 먹는 동안 할아버지가 나를 물끄러미 바라봤다. 가뜩이나 남의 집에서 혼자 먹는 밥이라 불편해 죽을 맛인데 할아버지 눈길 때문에 밥이 목에서 넘어가지 않았다.

"어젠 병든 병아리 같더니만, 이제 좀 살 것 같나 보네."

"전망이 좋네요, 할아버지."

나는 동문서답하며 창밖을 내다보았다. 전망이 보일 리 없는 작은 창밖으로 먹구름 한 조각이 떠 있었다.

"하늘과도 가깝고, 오르락내리락하면서 운동도 할 수 있고 좋지. 있고 싶을 때까지 편하게 있다가거라."

나는 애매하게 웃으며 고개를 끄덕였다. 손자가 친구를 데리고 온 게 처음이라며 할아버지도 웃어 보였다. 친구라는 말이 어색했지만, 싫지 않았다.

설거지를 마친 할아버지가 외출준비를 했다.

"복지관에 다녀오마. 햇살은 곧 올 텐데, 그 애가 돌아오면 좀 시끄러울 게다."

내가 왜냐고 묻자 할아버지가 바이올린 켜는 시늉을 했다.

"내가 경비 일을 할 땐 햇살이 집에서 연주를 못 했지. 동네 사람들이 무던하니 다행이지 아니면 벌써 쫓겨났을 거다.”

아! 그래서 공터에서 연주했던 거구나.

할아버지는 며칠 전부터 복지관에서 피아노 강사로 일하고 있다고 했다. 지방에서 올라오자마자 피아노 강사 자리를 구했지만, 전문성도 음악 교사였다는 이력도 도움이 되지 않았다. 거절 이유는 어디든 똑같았다. 노인이라서. 할아버지는 야간경비 일을 시작했다. 낮과 밤이 바뀌어 힘들었지만, 그마저도 어렵게 구한 일이었다. 어느 날 문화예술 프로그램을 맡은 복지관 직원이 찾아왔다. 볼일이 있어 이 동네에 왔다 할아버지의 연주 소리를 듣고 강사 일을 제안한 것이다.

“요즘은 일하는 게 얼마나 신바람 나는지!”

할아버지는 행복에 겨운 표정으로 집을 나섰다.

나는 빈집에서 뒹굴뒹굴하다 여기저기 기웃거렸다. 대충 볼 때와 다른 느낌이었다. 대문도 벽도 천장도 꽤 오래전에 지어진 집처럼 색이 흐리고 낡았다. 장식품이라고는 전혀 없는, 꼭 있어야 할 것만 갖춰놓은 집. 그 흔한 액자조차 없었다. 여백을 활용한 책장에는 책이 가득했다. 대부분 음악에 관한 책이었다. 책을 통해, 그리고 소소한 곳까지 단정하게 정리된 것으로 보아 남자와 할아버지가 어떤 사람인지 알 것 같았다.

이곳에서의 시간은 느리게 흘렀다. 낮잠은 오지 않고, 책도 눈에 들어오지 않고, 피아노만 잠깐 건드리다 좁은 방안을 몇 번이

나 돌아보았다. 아빠는 독서실에서 공부하고 있을 거라 여길 터였다. 그걸 알면서도 더 머물고 싶었다.

책꽂이에 나란히 꽂혀 있는 유치원, 초등학교, 중학교 졸업 앨범이 눈에 띄었다. 나와는 다른 유치원과 학교를 나온 것으로 봐서 선배는 아닌 게 확실했다. 나는 앨범 속 얼굴을 살피며 오햇살 이름을 찾아보았다. 어릴 때의 모습은 지금과 많이 달랐다. 표정도 밝고, 눈에 살짝 장난기도 어려 있었다.

초등학교와 중학교 앨범 표지를 확인했다. 내 졸업 연도와 똑같았다. 어찌 된 걸까? 이리저리 생각을 굴리고 있는데 문자 수신음이 들렸다. 선유였다. 며칠 전 제안한 앙상블에 합류하겠다고 했다. 첫 단추가 끼워진 순간이었다. 구체적인 계획은 나중에 알리겠다고 하고 세은이에게도 문자를 보냈다. 세은이는 확인만 하고 답이 없었다.

대문 열리는 소리가 들렸다. 방문을 열자, 햇살이란 남자가 집 안으로 들어섰다.

"궁금한 게 있는데요, 몇 살이세요?"

"열일곱."

"그, 그럼 우리 동갑이었어요?"

남자가 고개를 끄덕였다. 나보다 두세 살 많은 형인 줄 알고 꼬박꼬박 존댓말을 썼는데.

"왜 진작 말 안 했어요? 아니, 왜 말 안 했어?"

"그래야하는건가?"

햇살은 내 대답을 기대한 건 아니었는지 편히 있으라며 방으로 들어왔다. 곧바로 바이올린을 꺼내 조율했다. 나는 화장실을 가기 위해 방을 나섰다. 화장실에서 나왔을 때 연주하는 소리가 들렸다. '신이 잠든 사이에'였다. 연주에 방해될까 싶어 밖으로 나왔다. 마당에 서서 하늘을 올려다보았다. 내 심장이 아까와는 다르게 뛰고 있었다.

갑자기 바이올린 소리가 멈추었다. 뒤이어 방 안에서 비명이 들렸다. 사고라도 난 건가? 놀라 뛰어 들어가려는데 할아버지가 대문을 들어서며 말했다.

"그냥 둬라. 옛사람들과 마음을 나누는 게 쉽지 않은가 보다."

'신이 잠든 사이에'는 웬만한 실력이 아니고서는 소화할 수 없는 난곡이다. 열정과 끈기가 필요할 만큼.

열정과 끈기. 부끄럽지만 내게는 없는 것이다. 물건이라면 햇살에게서 그것을 훔치고 싶었다.

⑮
심장이 멈춘 후

기억공유 시스템을 진행하는 중에 갑자기 요란한 기계음이 울렸다. 누군가의 비명과 다급한 발소리가 들리는가 싶더니 나의 머리에서 기계장치가 떼어졌다. 의사와 간호사들이 옆 침대에 누워있는 오빠를 둘러싸고 허둥거렸다. 한 의사가 오빠의 가슴에 전기 충격을 주고 있었다. 앙상한 오빠 가슴이 활처럼 휘며 위로 튀어 오르다 침대로 툭 떨어졌다.

'해민이와 함께 연주할 날이 있을까.'

기억을 공유하는 과정에서 알게 된 오빠의 바람이 윙윙거리는 소리와 함께 귓가에 맴돌았다. 속이 울렁거리고 현기증이 났다. 안 돼! 정신 차려! 이건 아니잖아……, 이러면 안 되는 거잖아……. 제발! 나는 넋 빠진 사람처럼 중얼거리며 오빠에게 다가갔다. 누군가가 나를 끌어안고 어딘가로 밀어냈다.

"오빠! 안 돼! 오빠!"

온 힘을 다해 오빠에게 다가가려고 몸부림쳤지만, 점점 멀어지고 있었다. 상태가 심상치 않다는 말과 심장이 멈췄다는 말과 맥박이 잡히지 않는다는 말이 의사들의 움직임과 동시에 슬로모션으로 흘러갔다. 짧은 순간 오빠와의 기억들이 뇌리를 스치고 지나갔다. 엄마를 찾으며 우는 나를 업고 달래주던 목소리, 대신 벌 서는 오빠에게 미안해하자 우스꽝스러운 표정을 지어 보이던 얼굴, 잠자는 것도 잊고 완성했던 레고 마을, 콧등에 맺힌 땀을 닦으며 먹었던 매운 치킨의 맛……. 오빠와 함께했던 가슴 벅차도록 즐거웠던 순간들이 왜 이제야 기억났는지. 왜 좋았던 기억을 다 잊고 살았는지, 왜 아픈 기억만 품고 원망했는지.

정신을 차려보니, 침대에 앉아 벽에 기대있었다.

"오빠한테 데려다줘요."

몸에서 힘이 하나도 남아 있지 않았다. 간호사가 어딘가로 연락했다. 인터폰 너머의 누군가에게 알겠다고 말하고는 내게 다가왔다.

"천천히 숨을 들이켜 보세요."

내가 말을 듣지 않고 오빠에게 데려다 달라고 조르자 간호사가 젖은 수건과 거울을 내 손에 쥐여주었다.

"이 얼굴로 오빠한테 가면 못 알아볼 것 같은데."

얼굴이 눈물 콧물로 범벅이었다. 나는 대충 얼굴을 닦았다. 차가운 물수건이 닿으니 정신이 들었다.

"오빠는 어떻게 됐어요?"

"기억공유 진행 중 갑자기 심장이 멈췄어요."

나도 모르게 벌떡 일어섰다. 심장이 멈췄다는 건 죽음을 의미하는 게 아닌가. 온몸이 떨리고 정신이 아득해졌다. 지금까지 대학만 보고 달려왔잖아. 이제 입시가 끝났고, 오빠 바람대로 자유롭게 음악을 할 수 있게 됐는데. 안돼! 이렇게 보낼 수는 없어. 미안하다는 말도 못 했는데, 고마운 마음을 한 번도 표현 못 했는데……. 회전하는 놀이기구를 탔을 때처럼 주위가 빙글빙글 돌았다.

"학생! 정신 차리고 말 좀 끝까지 들어요."

이런 상황에 끝까지 들을 말이 뭐가 있다고. 나는 주저앉아 엉엉 울었다. 다음 생이 있으면 좋겠어. 아니 있어야 해. 우리 다시 남매로 태어나자. 그땐 좋은 동생이 될게. 못되게 굴지 않을게. 미안해 오빠!

"심장이 멈췄다고 다 죽는 건 아니라고요!"

뭐라고? 나는 울음을 그치고 고개를 들었다. 간호사가 내 어깨를 꽉 쥐었다. 그러고는 벽에 기대 주었다.

"오빠는 죽지 않았어요. 맥박이 다시 잡혔어요. 물론 의식이 돌아온 건 아니고요. 그러니까, 잠깐 위험한 상황이 있긴 했는데 오빠가 잘 견뎌 냈어요. 제 말 알아듣겠어요?"

나는 어린아이처럼 고개를 끄덕였다. 간호사가 체온과 맥박을 쟀다. 정상이라며 담당 의사가 찾는다고 했다.

의사는 오빠에게 심장마비가 왔고, 심폐소생술을 통해 맥박과 호흡이 다시 돌아왔다고 말했다. 아빠에게도 상황을 알렸다고 했다. 의사는 기억공유 중 이상한 점이 있었는지 물었다. 나는 없다고 대답했다. 어떤 기억에 접속했는지 대답해 줄 수 있는지 물었다. 그러면서 아주 개인적이거나 비밀스러운 내용이라면 말하지 않아도 된다고 했다.

"제 대답이 오빠를 치료하는 데 도움이 되나요?"

의사는 확신할 수 없다고 했다. 다만 갑자기 심장이 멈춘 원인을 파악하는 데 참고가 될 수 있다는 말을 덧붙였다. 티끌만큼이라도 영향을 준다면 뭐든 할 수 있다. 개인적이고 비밀스러운 것이 오빠 생명보다 더 중요할 수는 없으니까. 나는 의사의 질문에 충실히 대답했다. 하지만 단서가 될 만한 것을 발견하지 못했는지 의사가 흐음 하고 긴 숨을 뱉었다.

밖에서 노크 소리가 들렸다. 아빠가 간호사 뒤를 따라 들어왔다. 아빠는 나를 보자마자 바짝 다가왔다. 껴안듯 내 양팔을 쓸며 물었다.

"괜찮아?"

아빠가 오빠가 아니라 나에 대해 먼저 묻다니 의외였다. 나는 대답 없이 고개만 조금 끄덕였다.

"갑자기 일어난 일이라 학생이 충격이 컸을 겁니다. 지금은 안정되었으니 안심하셔도 됩니다."

의사는 아빠와 단둘이 이야기해야겠다며 나에게 돌아가도 좋다고 말했다. 나는 있고 싶다고 했다. 아빠가 걱정과 불만스러운 눈빛으로 나를 돌아보았다.

"나도 가족이야."

아빠 눈동자가 미세하게 떨렸다.

"남매간에 우애가 좋았나 봅니다."

의사가 아빠와 나를 번갈아 보며 말했다. 그러고는 아빠를 보고 해민이 학생이 있어도 되겠냐고 물었다. 아빠가 나를 한 번더 돌아보고는 고개를 끄덕였다.

"오늘 일은 이미 전화로 설명을 들으셨겠지만, 해준 군의 상태가 별로 좋지 않습니다. 뇌 활동은 여전히 정지 상태고 오늘은 갑자기 심장이 멈추었습니다. 어쩌면 이런 일이 또다시 발생할 가능성도 있고요."

아빠 얼굴이 사색이 되었다.

"이 상태가 오래갈 수도 있고, 심장이 또다시 멈출 수도 있는데 그럴 경우 오늘처럼 소생시킬 수 있을지는 저희도 장담할 수 없습니다."

"그, 그럼 우리 아들이, 그, 그러니까 우리 해준이가 못 일어날 수도 있다는 말입니까?"

옆에 앉은 내게 아빠의 충격과 떨림이 고스란히 전해졌다.

"그런 일이 없길 바라지만, 저희도 어쩔 수 없는 상황이라……. 여기 서류 몇 가지가 있습니다. 힘드시겠지만 꼼꼼하게 읽어보시고, 서명을 해 주셔야 합니다."

의사가 침통한 얼굴로 서류를 내밀었다. 서류를 받아든 아빠 손이 심하게 흔들렸다.

"이건……, 아들의 생명을 포기한다는 서류잖습니까? 여기에 서명하라고요? 젠장, 아들 생명을 어떻게 포기합니까? 그럴 수는 없습니다. 제발, 그것만은……."

아빠가 서류를 구기며 천천히 몸을 일으켰다. 한 손으로 책상을 짚고 서서 허공을 응시했다. 나는 떨리는 아빠 팔을 잡았다. 아빠가 체중을 실어 내게 의지하며 말을 이었다.

"이제 겨우 스무 살입니다."

붉게 상기된 아빠의 얼굴 근육이 가늘게 경련을 일으켰다.

"저희도 안타깝지만, 지금 아드님 상황이……."

"상황이 어떻든 우린 절대 포기 안 합니다. 그러니 당신도 의사로서 살릴 방법을 찾으라고! 이따위 서류로 책임 회피하려 하지 말고!"

아빠가 감정을 주체할 수 없는지 주먹으로 탁자를 쳤다. 그리고는 비틀거리며 출입문 쪽으로 걸어갔다. 간호사가 구겨진 서류를 들고 아빠 뒤를 따르려 하자 의사가 손짓으로 막았다. 아빠가 문을 열다 멈춰 섰다. 돌아서서 의사를 똑바로 보며 말했다.

"내 아들은 이겨낼 겁니다!"

아빠 목소리는 담담하면서도 비장했다.

복도를 걸으며 아빠가 내 손을 꽉 잡았다.

"이번에는 허망하게 보내지 않을 거야!"

무거운 침묵이 집안에 가라앉았다. 밤이 되려면 시간이 남아 있었지만, 깊은 어두움이 느껴졌다.

아빠는 사무실에 돌아가지도, 전화를 받지도 않았다. 저녁도 거르고 거실 창밖을 내다보고 서 있었다. 마치 절대자를 향해 기도하듯 간절하고 경건해 보이는 자세로. 나는 그런 아빠에게 말조차 걸 수 없었다.

오빠 말대로 불협화음을 만든 최초의 주자는 나다. 아빠와 오빠에게 무조건 반항하고, 성질내고, 어긋나게 행동했던 건 나였다. 오빠와 경쟁하고, 비교하고, 열등감에 휩싸인 것도 나였다. 마음 깊은 곳 한 귀퉁이에 처박아 둔 양심은 알고 있었다. 내 상처는 나 스스로 만들어낸 허상이란 걸. 단지 인정하고 싶지 않았을 뿐이다.

나는 부모님께 나의 가치를 증명해 보이고 싶었다. 오빠처럼 되고 싶었다. 오빠와 다른 DNA를 갖고 태어나 여러 면에서 열등했지만, 인정받는 길은 공부밖에 없다는 걸 알고 있었다. 그래서 공부에 몰두했다. 하지만 시험 점수가 나올 때마다 내 의지는 무너졌다. 심장에 핵폭탄을 품고 있는 것처럼 초조한 나날이었다. 결국 지쳤고, 그제야 깨달았다. 세상이란 음계에서 내 소리를 내야 한다는 걸. 나만의 소리로 아빠에게 인정받고 싶다는 걸. 아빠와 나의 감정적 관계, 그 복잡 미묘한 역사를 다시 쓸 수 있을 거라 기대했다. 하지만 내 삶의 '도'가 아빠가 아니라 '나 자신'이 되려면 어떻게 해야 하는지 방법을 몰랐다.

오빠가 프리센 섬을 여행하고 돌아온 후의 모습을 떠올렸다. 모든 일에 흥미를 잃어버린 것 같은 표정을 지을 때가 있었던가. 멍한 표정으로 먼 산을 바라본 적이 있었나. 이어폰을 꽂고 무작정 거리를 헤매고 다니는 모습은? 기억나지 않았다.

아빠가 방문을 두드렸다. 아빠는 침대에 걸터앉아 몇 번 입을 달싹이다 호흡을 가다듬었다. 그러고는 어렵게 말을 꺼냈다.

"전혀 몰랐어. 내 방식이 너희들에게 상처가 될 줄은."

나는 말없이 입술만 씹었다. 오래전부터 듣고 싶은 말이었는데, 막상 아빠 입에서 그 말이 나오니 귀를 막고 싶었다.

"해준이 기억에 접속하지 않았다면 여전히 몰랐겠지. 너와 네 오빠를 진작 이해했더라면, 그랬다면 이런 끔찍한 일은 없었을 텐데. 네게 지옥을 느끼게 하지도 않았을 텐데. 모든 게 내 탓이다."

아빠가 얼굴을 두 손으로 감쌌다. 그러고는 내 탓이라는 말을 되풀이했다. 말로 아빠 자신에게 채찍을 휘두르는 것 같았다. 화가 나서 소리쳤던 내 말이 채찍이 된 것만 같아 후회스러웠다.

"아빠는 할 일을 한 것뿐이야."

아빠가 흠칫하더니 고개를 들었다. 믿기지 않는다는 듯 나를 보았다.

"그렇게 말해주니, 고맙다."

나도 아빠를 보았다. 엄청난 힘이 내 안에서 소용돌이쳤다. 몇 시간 전의 내가 낯설게 느껴졌다. 엄마의 죽음도 오빠의 사고도 가족이 함께 극복해야 할 일이라는 걸 깨달은 순간, 모든 게 달라졌다. 하지만 달라진 세계와 그 속의 나를 받아들이려면 시간이 필요했다. 얼마나 지나야 할지는 알 수 없었다.

어스름한 창밖으로 시선을 돌렸다. 창문에 나와 아빠의 모습이 비쳤다. 나는 두 사람을 가만히 응시했다. 그들은 지금, 누군가의 위로가 필요하다. 하지만 두 사람을 위로해줄 수 있는 사람은 두 사람밖에 없다.

"살다 보니 가면 안 되는 길이 있다는 걸 알겠더라. 어떤 부모가 자식이 힘든 길로 가는 걸 보면서 막지 않을 수 있겠니. 아빠가 너희들 미래를 마음대로 정한 건 시행착오를 하지 말라고 그런 거야. 굳이 그럴 필요가 없으니까."

예전 같으면 반문했을 것이다. 아빠에게 인생의 정답과 오답의 기준이 뭐냐고.

"의사에게 연락했어. 기억공유 시스템을 중단하겠다고."

"오빠 심장이 멈춘 게 그것 때문이래?"

"아직 그런 사례는 없다는데…… 그런데 어떻게 알겠니. 네 오빠가 첫 번째 사례가 될지."

숨소리만으로 아빠의 두려움이 느껴졌다. 의사에게 포기하지 않겠다고 큰소리쳤던 아빠가 지금은 벼랑 끝에 서서 낭떠러지를 내려다보는 것 같았다. 엄마가 떠난 후 흐트러진 아빠 모습을 보는 건 처음이었다. 흔들리는 아빠를 보자 오히려 내가 정신이 바짝 들었다.

오빠가 음악에 빠져 있던 기간은 중3 졸업식 이후 프리센 섬을 여행한 시점부터 고2 여름방학까지였다. 그 시간 동안 음악에 대한 오빠의 열정은 강렬했다. 오빠의 우주가 흔들릴 정도로. 그걸 아무도 몰랐다니. 한집에 살면서 어떻게 그럴 수 있는지 신기할 정도였다.

오빠의 심장이 멈춘 건 나와 오빠가 기억을 공유하던 순간이었다. 그렇다면 기억공유와 관련 있을 수도 있다. 겉으로 드러나지 않는, 아주 깊고 세밀한 어떤 감정에. 오빠가 나의 빈방을 바라보며 품었던 생각들을 확인한 순간부터 감정 조절이 되지 않았다. 무심하고 이기적이라고만 생각했던 오빠였는데, 나를 경멸하고 있는 줄 알았는데, 그래서 내게 무관심하다고만 여겼는데. 기억공유시스템을 통해 확인한 건 오빠에 대한 진심뿐만이 아니었다. 내 안의 외계인과 만났던 시간이었다.

오빠 잘못이 아니야, 나의 방황은 오빠 탓이 아니라고. 나는 기억 속 오빠에게 말했었다.

나의 마음이 오빠에게, 오빠의 죽어 있는 뇌에 전달되었을까? 그럴 리가 없다. 기억공유 때문에 심장이 멈춘 사례가 없듯 가족의 마음이 전달된 사례도 없다고 했다. 하지만 이것만은 확실하다. 아빠도, 나도 오빠에 대해 너무 많은 걸 모르고 있었다.

"아빠, 기억공유 계속하자."

아빠가 고개를 흔들었다.

"그러다 해준이가 잘못되기라도 하면……."

"오빠는 더 이상 잃을 게 없어. 그런데 우리가 포기하면……. 그러면 안되는 거잖아."

오빠에게 자살의 오명을 쓰게 할 수는 없다. 하지만 아빠 앞에서 그 예민한 단어를 입 밖으로 꺼낼 수는 없었다.

"오빠는 그날 아빠의 허락이 떨어지자마자 악기점으로 달려갔을 거야. 미리 찍어 놓은 비올라를 사기 위해서."

아빠가 고개를 끄덕였다. 그 정도는 아빠도 예측한다는 표정이었다.

"그래서 얼마 전부터 악기 상점들을 돌고 있어. 자전거로 이동할 수 있는 곳을 중심으로."

"네가 왜! 그건 경찰이 할 일이야. 그러다 무슨 일이라도 생기면 어쩌려고."

얼마 전 다시 경찰서를 찾아갔다. 교통사고 조사과에서는 모든 조사를 끝내고, 기억공유 결과를 기다리고 있다고 했다. 그 이상은 말해 줄 수 없다고 했다. 경찰의 말과 태도에서 형식적이라는 느낌을 받았다. 기억공유를 뒷받침할 확실한 증거가 필요한데 경찰만 믿고 있을 수는 없었다.

"그러니까 해야 해. 기억공유."

내 설명을 들은 아빠가 한참 만에 입을 열었다.

"그래, 최선의 선물은 전해줘야겠지."

16

음악의 수수께끼

"와, 전망 최고! 동네가 한눈에 보여."

햇살 집 마당에 세은이가 불쑥 나타났다. 세은이는 양손을 무릎에 올려놓고 헉헉거렸다. 화장기는 없었다. 햇살과 선유가 명한 얼굴로 세은이를 바라보았다. 놀란 건 나도 마찬가지였다. 세은이가 이렇게 빨리 마음을 정할 줄 몰랐다. 나는 서로 인사를 시켰다. 보름 전부터 셋이 연주하고 있다고 하자 세은이가 살짝 서운한 표정을 지었다.

"언제까지 수다 떨 거야? 하던 거 마무리해야지."

선유가 볼멘소리로 투덜거렸다. 햇살과 선유가 한 악보에 눈을 맞추며 연주를 했다. 선유가 거부감을 누르고 햇살의 지도를 받아들인 건 앨범 덕분인지도 몰랐다.

햇살 집에서 연습하던 첫날, 휴식 시간을 이용해 유치원 졸업 앨범을 꺼내왔다. 뚱한 표정을 짓고 있는 선유를 의식하며 마당

마루에 앉아 앨범을 넘겼다. 선유가 내 옆에 앉더니 머리를 들이밀었다. 나는 먼저 보라며 앨범을 넘겨주었다. 선유는 표지를 살펴보고, 년도를 확인하고는 햇살을 힐끗 보았다. 그러고는 급히 몇 장을 넘겼다. 표정이 굳어지더니, 손동작이 멈추었다. 그 후 연습하면서도 햇살을 제대로 보지 못했다. 말투도 예전처럼 날카롭지 않았다. 자신보다 세 살이나 많은 형이라는 걸 확인하고 나니 함부로 대하기 어려운 모양이었다.

"여기가 연습 장소야?"

세은이가 물었다. 적당한 장소를 찾을 때까지만 햇살네 집에서 하기로 했다. 서너 사람이 서 있으면 꽉 차는 작은 공간이지만, 조용해서 방해받을 일이 없기 때문이다.

"방에피아노있어.세은이왔으니까들어가서연습하자."

"나 피아노 안 할 건데. 첼로 할 거야. 피아노보다는 첼로가 악기 이동도 편하고, 연습할 때도 수월하잖아. 아참! 바이올린 왜 가져오라고 했어?"

세은이가 어깨에 메고 있던 악기를 내려놓았다. 기대 없이 했던 말인데 기억하고 챙겨오다니. 나는 상황을 설명하며 선유에게 빌려주자고 제안했다. 세은이는 흔쾌히 바이올린을 내밀었다.

"그런데 첼로를 어떻게 들고 올라오지?"

세은이 말을 듣고 보니, 난감하긴 했다. 예상치 못한 문제가 너무 많았다.

"빨리 장소 섭외부터 해야겠다. 햇살네 집은 조용해서 좋긴 한데, 악기 이동이 힘들고 우리 넷이 연습하기엔 마당도 방도 비좁아."

내 말에 모두들 생각에 잠긴 얼굴로 고개를 끄덕였다. 선유는 남들이 볼 수 없는 밀폐된 공간을 주장했고, 세은이는 밀폐된 공간이 싫다고 했다. 결국 연습도 못 하고 장소 협의만 하다 헤어졌다.

아빠에게 문자 했다. 독서실에서 공부하고 아침에 집에 들렀다 학교에 가겠다고. 거짓말을 한 때문인지 속이 좋지 않았다. 자려고 누웠는데 해민이 얼굴이 아른거렸다. 꼭 해야 할 말이 있는데, 전할 방법이 없다.

'해민아, 네 잘못이 아니야. 아빠 잘못도 아니고. 서로를 탓하는 것만큼이나 자신을 자책하는 것도 상처만 남을 뿐이야.'

생각에 빠져들수록 자꾸만 배가 꾸르륵 꺼렸다. 햇살과 할아버지가 잠에서 깰까 봐 조용히 일어났다. 화장실을 세 번이나 들락날락하는 동안 잠이 완전히 달아나버렸다. 화장실에서 나왔을 때 마당에서 인기척이 들렸다.

"저 때문에 깨셨나 보네요."

마당을 들어서는 나를 보며 할아버지가 달을 가리켰다.

"달 때문에 깼지. 예부터 보름달은 소원을 이루어주고, 초승달은 꿈을 이루어준다는 말이 있단다."

"소원이나 꿈이나 그게 그거잖아요."

"아니지. 소원은 바라기만 하는 거고, 꿈은 이루기 위해 노력하는 것이지."

"그럼 오늘은 꿈을 빌러 나오신 거예요?"

"그렇지. 너도 빌어 보렴."

할아버지가 어떤 꿈을 빌었을까 생각했다. 문득 짚이는 게 있었다.

"할아버지, 햇살은 훌륭한 바이올리니스트가 될 거예요."

"지금도 훌륭하다고 생각하는데, 네가 보기엔 아니냐?"

"실력은 있죠. 하지만 요즘은 스펙이 없으면 인정받지 못하잖아요."

"어떤 이들은 성공도, 행복도 공장에서 찍어낸 과자처럼 똑같은 모양이라고 생각하더구나. 나도 그렇게 생각했다면 햇살을 저대로 두지 않았겠지."

할아버지 말씀이 맞을 수도 있다. 프리센 섬에서 만났던 연주자들도 음악만으로 완전한 행복을 누리는 것 같았으니까.

지금 내게 의미 있는 것은 한 가지뿐이다. 음악을 더 많이, 폭넓게 알고 싶다. 그리고 음악을 통해 느낀 감정을 많은 사람과

공유하고 싶다. 내가 선택한 길을 끝까지 가다 보면 언젠가는 아빠도 인정해주지 않을까. 그런 생각에 빠져 있다 문득 깨달았다. 그동안 음악 앞에서 망설였던 건 아빠 때문이 아니었다. 나 스스로 재능에 대한 벽을 넘을 자신이 없기 때문이었다.

"왜 부모와 갈등을 겪으면서까지 음악을 하려는 게냐?"

할아버지가 물었다. 나는 대답을 미루고 생각했다. 내가 원하는 나에게 가는 과정은 쉽지 않을 것이다. 내 한계를 뛰어넘을 만큼의 열정이 있는지, 내 선택에 후회하지 않을 자신이 있는지 스스로에게 물었다. 그 답을 찾는다면 아빠를 설득할 방법이 있을 것이다.

"좋으니까요. 음악이 미치도록 좋아서 다른 건 생각할 틈도 없어요."

"허허허. 음악에 미친 게 다행이지 안 그랬으면 큰일 날 뻔했다."

"언젠가 거리 공연하는 사람들과 함께 연주할 기회가 있었거든요, 그때 신세계를 만난 느낌이었어요."

"네가 음악의 수수께끼를 하나 풀었구나."

수수께끼요? 나는 할아버지를 보며 눈빛으로 물었다.

"음악은 사람들과 나눌 때 더 깊은 감동을 만들어낼 수 있지."

할아버지 말에 프리센 섬의 연주가 떠올라 심장이 뛰었다. 할아버지가 그런 나를 물끄러미 보았다. 내 어깨를 토닥이고는 하늘을 올려다보았다.

"사람들 속에 있어도 음악가는 외로운 직업이야. 다가갈수록 점점 커지는 산을 혼자서 오르는 것과 같지. 산을 오를 때 손에 쥘 수 있는 유일한 도구는 악기 하나뿐이고."

할아버지는 내게 묻고 있었다. 그래도 도전하겠냐고. 내가 대답하기 전에 마음이 먼저 반응했다. 숨죽이고 있던 에너지가 솟아오르고 온몸의 세포들이 환호성을 지르는 것 같았다. 나는 벅찬 감정에 취해 주먹을 꼭 쥐어 보였다.

하하하. 할아버지가 웃음을 터뜨렸다. 웃음소리가 너무 커 어둠에 잠긴 언덕마을을 깨울 것만 같았다.

"하늘을 보렴. 별들 덕분에 우리 눈이 호강하는구나. 예전만큼은 아니지만, 도시에서 이렇게 별이 많은 곳은 흔치 않단다."

할아버지는 밤하늘을 오랫동안 올려다보았다. 표정이 복잡해 보였다.

"작년 여름에 태풍이 심하게 불었단다. 창문이 얼마나 무섭게 흔들리던지. 마치 하이든의 놀람 교향곡을 연주하는 팀파니 소리 같더구나."

"세상은 악기고, 모든 소리는 음악이다. 와! 시적인데요."

"아무리 아름다운 소리도 사람보다 우선일 순 없지. 사람은 말이다, 머리와 몸과 함께 가슴도 키워야 한단다. 가슴을 키우는 건 사랑이지. 난 가족보다 내 일이 우선이었다. 딸에게 내 주지 못한 사랑을 햇살에게 주고 있지만, 후회가 남는 건 어쩔 수 없구나.”

햇살의 엄마 아빠는 주말부부였지만 사이가 좋았고, 햇살도 행복한 나날을 보냈다고 했다. 초등학교 때까지는. 햇살의 외할머니가 돌아가신 후 엄마는 넋 놓고 있는 시간이 많았다. 깊은 생각에 빠져 있을 때도 있었다. 몇 년 후 음악 교사인 외할아버지가 정년퇴직하자 햇살을 부탁했다. 그리고 먼 여행을 떠났다. 가끔 사진을 보내왔는데, 풍경보다는 별 사진이 많았다. 한 달 후 돌아오겠다고 했지만 1년이 다 되도록 돌아오지 않았다. 그러던 어느 날 짧은 문자가 왔다. 하고 싶은 일을 찾았다고. 별을 찍는 일이 삶의 의미가 됐고 이제라도 마음이 가는 길을 선택하고 싶다고. 아빠는 돌아오지 않는 엄마를 원망했지만, 시간이 흐를수록 자책에 빠졌다. 아내에게 생동하는 꿈이 있다는 걸 외면한 것에 대해.

“정신 바짝 차리지 않으면 우린 너무 많은 걸 놓치게 된단다.”

할아버지 말에 나는 고개를 끄덕였다.

엄마를 기다리는 동안 햇살의 귀에서 이상한 소리가 들렸다. 알 수 없는 소음과 음악 소리가 섞여서 들렸는데, 귀가 아니라 뇌에서 들리는 것 같다고 했다. 얼마의 시간이 흐른 후 아빠는 오랜 친구와 재혼했다. 그 후 증상이 더 심해졌고, 말까지 어눌해지면서 언어습관이 바뀌었다.

"언제부턴가 표정에도 감정을 숨기기 시작하더구나. 자신을 거부하면서부터 그런게 아닐까 싶다."

무표정한 얼굴로 국어책 읽듯 말하는 습관이 상처 때문에 생겼다니! 나에게도 버티기 힘들었던 순간이 있어서였을까. 햇살의 고통과 공포가 느껴져 목이 꽉 막혔다.

나는 치료에 관해 물었다. 할아버지는 옅은 숨을 내뱉고는 담담하게 대답했다. 햇살을 데리고 이비인후과와 한의원을 가 봤지만, 원인을 알 수 없다는 말뿐이었다. 이명 전문병원에서는 충격이나 스트레스로 인한 신경증세인 듯 보인다며 정신과 치료를 받게 했다. 정신과 치료를 받는다는 것을 몇몇 친구들이 알게 되면서 증상이 더 심해졌다. 결국 고등학교 진학을 포기해야 했다.

엄마와의 통화조차 거부했던 햇살이 조금씩 마음을 열기 시작한 건 바이올린을 배우면서부터였다. 많은 말을 나누지는 않았지만, 영상을 통해 엄마를 보는 것만으로도 안정을 찾았다. 귀의 이상 증세가 사라진 건 엄마와 영상으로 만난 지 3개월이 지난 무렵이었다. 하지만 언어습관은 쉽게 고쳐지지 않았다. 지금은 엄마가 한국에 들어올 때마다 만나고 있지만, 함께 사는 건 원하지 않는다고 했다.

할아버지는 한동안 말이 없었다. 물건을 분류하듯 흘러 가버린 수많은 사건과 감정을 정리하는 것 같았다. 나도 후회하게 될까, 아빠에게 상처를 주면서까지 음악을 고집한다면.

"자식 이기는 부모 없다. 이제 그만 집으로 들어가거라. 그래야 네 뱃속도 편해지지."

할아버지가 내 손등을 토닥이고 방으로 들어갔다.

내게 왜 햇살의 아픔에 관해 이야기했는지 알 것 같았다. 사람과의 관계도 음악과 같다는 걸 전하고 싶었던 게 아닐까. 자신이 이해한 음악을 타인과 나눌 때 감동이 더 커지듯, 서로의 감정을 이해하고 함께 어우러질 때 더 깊은 감동을 공유할 수 있는 거라고. 할아버지와의 대화는 햇살을 이해할 기회였을 뿐 아니라 음악에 대한 확신과 용기를 준 시간이었다. 허기진 속이 채워진 것처럼 마음이 든든했다.

나는 자정이 넘을 때까지 마당을 서성이며 비올라 연주에 대한 꿈과 우리 팀에 대해 생각했다. 아빠에게 그리고 앙상블 팀에게 나의 의지를 보여줄 만한 공동 목표가 필요했다. 그게 뭘까?

해답은 이미 내 안에 있다.

⑰
직선이 아닐지도

　이런 느낌은 뭐지? 병원에서 나와 지하철역으로 가는 동안 낯선 기분에 사로잡혔다. 오빠 심장에 대한 불안을 내려놓을 수 있을 만큼 강렬했다. 봄바람이 스미듯 온몸이 따뜻해지는 것 같기도 하고, 비눗방울이 톡톡 터지듯 설레기도 했다. 오빠의 기억에 접속한 것이 아니라 대화를 나눈 것 같은 느낌이 들었다. 네 잘못이 아니라고 말했을 때 오빠의 목소리가 들리듯 생생했다.

　햇살오빠와 선유는 역 입구에 서 있었다. 둘 다 손에 음료를 하나씩 들고 있었다. 내가 다가가는데도 심각한 이야기에 빠져 나를 본체만체했다. 둘이 이렇게 눈을 맞추며 이야기를 나누는 모습은 처음이었다. 모임 시간이 지났는데 언니는 오지도 않고, 전화도 받지 않았다.

　"나도 좀 끼자."

　"이거나 마셔. 우리 문제니까."

　선유가 마시던 이온 음료를 내밀었다.

　"문제? 설마 또 햇살오빠한테……."

"선유덕분에내바이올린살렸잖아."

내가 발끈하자 오빠가 나섰다. 공원에서의 일을 이야기하는 모양이었다.

"햇살, 아니 형이 무서워서 그랬지. 예전에 나한테 했던 것처럼 그 아저씨들한테 덤빌까 봐. 그럼 우리 모두 뼈도 못 추렸을걸."

선유가 장난스럽게 가슴을 쓸어내렸다.

"해준이가앨범보여준게언젠데이제야형이라고부르냐."

오빠 말에 선유가 입에 있던 음료를 도로 뱉어냈다.

핸드폰이 울렸다. 세은이 언니였다.

"당장 공원으로 뛰어와. 10분 내로 안 오면 다 아웃이다."

우리는 후다닥 계단을 뛰어 내려갔다. 공원에 도착했을 때, 언니가 혼자 연습하고 있었다.

"다른 곳에서 하기로 했잖아."

"아무리 생각해도 여기만 한 곳이 없더라고."

우리가 단체로 항의하자 언니가 태연하게 대답했다.

조커와 코맹맹이를 만난 후 연습 장소를 옮기기로 했었다. 공원이 넓다 해도 연주하는 한 우리는 쉽게 눈에 띌 것이고 그 사람들을 만날 수도 있었다. 두 번 다시 겪고 싶지 않은 일을 또 당할지 몰랐다. 그런데 계속 공원에서 연습하자니! 깡 하나는 챔피언 감이다.

"걱정 마. 이젠 안 건드릴 테니까."

사건 다음 날, 언니가 공원 관리사무실을 찾아갔다고 했다. 총책임자에게 조커와 코맹맹이한테 당한 일을 말했지만, 직원들도 책임자도 시큰둥한 반응을 보였다.

"경찰서 민원실에서 CCTV 확인서를 발급해서 간 게 신의 한 수였어. 그날 영상 내용과 할아버지 폭행 사건 처리 문제까지 방송국에 제보할 거라고 했지. 그랬더니 바로 태도를 바꾸더라고."

"할아버지 폭행 사건은 왜?"

"알고 봤더니 그 사람들 잘린 거 맞더라고. 공원 관리자에게만 책임을 떠넘기려 했으니 억울할 만도 하지. 아무튼 징계 조치한 거 철회해 달라고 했어. 그리고 그 두 사람은 조만간 우리에게 사과하러 올 거야. 아참, 이거."

언니가 우리에게 포장된 박스를 하나씩 나눠 주었다. 뭐냐고 묻자 공원 측에서 위로의 의미로 준 선물이라고 했다. 풀어보니 학용품 세트였다. 학용품마다 행사명과 디자인이 새겨져 있었다. 작년에 공원에서 열린 그림 그리기 대회 행사를 위해 만든 홍보물인 듯했다. 선유는 우리가 초등학생인 줄 아는 모양이라며 투덜거렸다. 그러면서도 가방에 챙겨 넣었다.

그나저나 조커와 코맹맹이 밥그릇까지 챙기다니. 언니의 오지랖은 경계도 없는 모양이다. 그때 일을 생각하자 아직 아물지 않은 팔꿈치가 욱신거렸다.

언니가 가방에서 팸플릿 한 장을 꺼내 펼쳐 보였다.

『제 7회 청소년 클래식 음악경연대회』

"포기를 모르는군."

말은 그렇게 했지만 나도 모르게 입꼬리가 올라갔다. 대회까지 50여 일 남았다.

"그때나 지금이나 우리 실력으로는 어림도 없다고. 대회 나가서 망신당할 일 있어?"

"선유 넌 아르바이트 그만뒀으니 시간 있을 거고. 햇살도 남아도는 게 시간이고. 해민이랑 나만 부지런 떨면 되겠네."

"누나가 제일 바쁘잖아."

언니는 재수 준비하느라 학원 수업에, 첼로 레슨에, 음악 이론서 공부에, 개인 연습에, 팀 연습까지. 우리 중에 제일 바빠 보였다. 그런데도 오빠를 위해 애쓰는 모습이 새삼 고마웠다.

"우리가잘해낼수있을까?"

"해보면 알겠지. 해보지 않으면 영원히 모르는 거야."

햇살오빠의 소심한 질문에 내가 대답했다. 하지만 뭐든 강제로 끌고 가면 부작용이 생기는 법이다. 햇살오빠와 선유 표정이 그걸 말하고 있었다. 내가 다른 제안을 했다.

"대회 참가는 나중에 정하고, 버스킹 해 보자."

"버스킹?"

언니와 선유가 동시에 물었다.

"해준이는 버스킹의 감동이 우리에게 연주의 참맛을 보게 할 거라고 했어."

"그래서 어떻게 됐는데? 버스킹은 한 거야?"

"극적으로 버스킹을 하긴 했지. 음악 경연 대회는 너희 아빠 때문에 물 건너갔지만."

선유는 말은 그렇게 하면서도 다행이란 표정을 지었다.

"좋아, 버스킹 장소는 어디서 할 건데? 대학로? 홍대?"

언니가 물었다. 서울까지 진출할 생각한다니 꿈도 야무지지. 내가 손가락을 탁 튕겼다.

"기가 막힌 장소를 알아냈어."

"혹시 해지개터?"

나는 놀란 표정으로 고개를 끄덕였다.

"해준이도 거기서 버스킹 하자고 했는데."

언니가 신기해하며 왜 하필 거기냐고 물었다. 이유는 모르겠다. 그냥……, 돌아갈 수 없는 시간에 대한 그리움인지, 그 시간과 단절하여 혼자 설 근육을 키우려고 하는 것인지. 아무튼 우리 가족이, 엄마와 아빠와 오빠와 내가 가장 순수하게 행복했던 곳. 첫 공연은 그곳에서 하고 싶었다. 오빠도 그랬을까.

"병원에서하면해준이가들을지도몰라."

"와! 그 생각을 왜 못했지?"

세은이 언니가 두 손을 맞잡고 반색을 했다. 나도 거들었다.

"병원에서 연주하기 전에 해지개터에서 예행 연습하는 거야. 리허설이라고나 할까."

"좋아! 해준이만 부활할 수 있다면야, 못 할게 뭐 있겠어."

부활은 기적을 동반하는 단어인데! 언니는 뭐든 오버하는 경향이 있다. 하긴 죽어 있던 뇌가 깨어난다면 부활하는 게 맞을지도 모르겠다. 정말 기적이 일어나면 얼마나 좋을까.

"전에 햇살이 했던 연주도 하자. 신이 잠든 사이에."

"말도 안 돼. 그 곡은 우리한테 무리야."

언니의 엉뚱한 제안에 내가 손사래를 쳤다.

"나는 이 공연 자체가 무리라고 봐. 피아노는 어떻게 옮길 건데?"

"공선유, 기억 안 나? 지난번에도 해준이가 신디사이저 빌렸잖아. 해민아, 언니가 전화번호 알려 줄 테니까 음악학원에 연락해 봐."

언니가 알려 준 번호는 내 핸드폰에 이미 저장되어 있었다. 하지만 고개가 갸웃거려졌다. 우리에게 신디사이저는 필요하지 않았다. 햇살오빠와 선유는 바이올린, 언니는 첼로, 나는 비올라를 연주할 테니까. 내 의문에 모두 뒤늦게 아차하는 표정을 지었다.

"그땐 할아버지가 건반 해주셨거든."

선유 말대로라면 할아버지가 공연에 참여했었다는 건데. 상상이 되지 않았다.

"햇살이 버스킹 안 하겠다고 해서 해준이가 섭외했었어. 처음에는 할아버지가 낄 곳이 아니라고 거절하셨는데, 해준이가 끝까지 설득했다더라. 햇살이 세상으로 나갈 수 있는 기회라고."

그렇다면 이번에는 어떻게 해야 할까. 내가 생각에 잠겨 있는 사이 햇살오빠가 말했다.

"난 세상 밖으로 나왔어."

"그래, 늘 할아버지께 의존할 수는 없지."

세은이 언니 말에 선유와 나도 찬성이었다. 어떻게 되든 우리 스스로 완성해야 할 무대였다.

멤버들과 헤어지고 집으로 향하는 발걸음이 가볍지만은 않았다. 막상 일을 벌이고 보니 해야 할 게 너무 많았다. 오빠가 해지개터 근처 음악학원에서 신디사이저를 빌렸다면……, 공연 전에 원장님을 만나고 싶었다.

아침에 병원에 전화를 걸었다. 병원 로비에서 오빠를 위해 연주하고 싶다고 했다. 해당 부서 담당자는 협의해 보겠지만 어려울 거라며 떨떠름하게 대꾸했다.

오후에는 해지개터에 갔다. 낮은 건물 사이로 아트센터 건물이 보였다. 주위 다른 상가건물과는 다르게 깨끗하고 화려한 외관 때문에 쉽게 눈에 띄었다. 건물의 5층은 음악학원, 6층에는 아트센터라는 간판이 붙어있었다. 원장은 음악학원 사무실에서 나를 맞이했다. 야외 공연에 대한 조언과 오빠에 대한 기억에 대해 들으려고 한 것뿐인데 이야기를 하다 보니 시간이 꽤 많이 흘렀다. 레슨이 없는 주말에 오라고 한 이유를 알 것 같았다.

오빠 상황을 들은 원장님은 한참 동안 침울한 표정으로 말을 잇지 못했다.

"해준이를 보자마자 낯설지 않았어. 어릴 때의 나를 보는 것 같았거든."

원장님은 형편이 어려웠지만, 음악의 꿈을 접을 수 없었다고 했다. 부모님 뜻을 거스르고 음대를 선택해 쫓기듯 살았다. 졸업하면 뭔가 길이 보일 거라 스스로를 다독이면서 버텨냈다. 하지만 졸업 후에도 삶은 나아지지 않았다. 현실을 극복하는 길은 돈과 성공을 향해 달리는 것뿐이었다. 운 좋게 지방의 청소년오케스트라 지휘자를 맡게 되고, 그 후 좋은 조건으로 유학도 다녀왔다. 대학에서 강의를 하며 성공했다고 여겼을 때 제동이 걸렸다.

"일상이 다 허무하게 느껴졌어. 한참 뒤에 알았지. 그동안 나를 지배했던 건 음악에 대한 열정이 아니라 성공에 대한 욕심이었다는 걸. 그래서 모든 자리에서 물러나고 전 재산을 털어 아트센터와 음악학원을 차렸지. 그런데 내 의지대로 안 되더라고. 현실과 이상 사이에 괴리감도 느껴지고. 이 길이 맞는 건지, 잘 하고 있는 건지도 모르겠고. 그런 생각에 시달리면서 조금씩 지쳐 가고 있을 때 해준이를 만난 거야. 무작정 순수하게 음악에 달려 드는 해준이를 보면서 다시 음악에 대한 확신이 들었어."

이야기를 듣다 보니 인생은 직선이 아닐지도 모른다는 생각 이 들었다. 도돌이표처럼 돌아가기도 하고, 늘임표처럼 몇 박자 씩 늘어지기도 하고, 다카포(D.C.)처럼 처음으로 돌아갈 수도 있 다. 지금은 돌아가야 하는 시점이다. 딸과 동생이라는 내 자리 로. 또다시 방황할지도, 때로는 스스로 외로움을 초대해 나 혼자 만의 세계에 빠져 있을지도 모른다. 그 어떤 선택도 나에게 가는 길일 것이다.

"팸플릿 보니까 무료 공연이 많던데요."

"클래식 공연이 대중들에게 가까이 가지 못하는 이유 중 하나 가 공연비가 비싸기 때문이야. 아마추어 연주자들은 무대에 한 번 서려면 큰 비용을 감당해야 하고. 그 문제를 동시에 해결하 려면 어떻게 해야 할까 고민했지. 내가 쫓던 성공과 돈을 버리고 나니까 길이 보이더라고."

원장님은 음악학원에서 번 돈으로 아트센터를 운영하고 있었 다. 공연을 관람하는 사람이나 연주자 모두에게 혜택을 주기 위 해서.

"이젠 허무감 같은 거 없어요?"

원장님은 일 초의 망설임도 없이 전혀 없다고 대답했다.

들어올 때 보니 실내 공연장의 음향, 조명, 무대 시설이 잘되어 있었다. 게다가 연주하기에는 실내가 여러 면에서 장점이 많았다. 나는 매주 야외공연장에서 연주하는 이유를 물었다. 원장님은 대중과 클래식의 거리를 좁히는 것이 목표 중의 하나라고 했다. 사람들이 공연장까지 찾아오지 않아 원장님이 사람들 사이로 들어가는 거라고.

"자, 내 이야기는 그만하고, 너도 공원에서 공연한다고?"

"네. 그런데 야외 공연이라 걱정되는 게 많아요."

원장님은 음악을 즐기면서 연주한다면 관객들도 동화될 거라며 몇 가지 팁을 알려 주었다.

"주말이라면 실내 공연장을 대여해줄 수 있는데 어떠냐? 청소만 깨끗이 하면 공짜로 제공하마."

원장님 말이 반갑고 고마웠다. 하지만, 나는 잠깐 생각에 잠겼다 고개를 흔들었다.

"저희도 사람들 사이에서 공연하고 싶거든요."

오빠도 같은 대답을 했다며 원장님이 호쾌하게 웃었다.

⓲
- 아홉 번째 접속 -
다윗과 골리앗의 싸움

"음악을 포기해야겠다는 다짐이 들 때까지는 나올 생각하지 마!"

공연 당일 날이다. 20분 뒤에 가람초등학교 앞에서 선유를 만나기로 했다. 세은이는 엄마 차로 햇살과 할아버지를 모시고 공연장으로 갈 것이다. 모든 계획이 순조롭게 진행되고 있었다. 하지만 나는 침대 위에서 이불을 뒤집어 쓴 채 누워있다.

결국 아빠에게 들키고 말았다. 연습 장소에 나타난 아빠는 변명할 틈도 주지 않고 집으로 끌고 왔다. 아빠는 내 책을 거실 바닥에 내던졌다. 음악통론, 화성학 기초, 악기론, 비올라 악보가 눈앞에서 널브러졌다. 아빠는 그동안 내가 해온 거짓말과 연주에 대해 늘어놓으며 실망스럽다는 말을 강조했다. 핸드폰을 빼앗고 생각이 바뀔 때까지 방에서 나갈 생각하지 말라고 소리쳤다. 이렇게 해서라도 내 미래를 지켜주겠다면서.

해민이가 왜 밖으로만 돌며 방황하는지 알 것 같았다. 할아버지 말이 틀렸다. 아빠는 절대 져주지 않을 것이다. 설득당하지도 않을 것이다. 음악 이론서를 찢는 눈 속에서 아빠의 의지를 읽었다.

"10년 후에 넌, 나한테 고맙다고 말하게 될 거야."

아빠가 문밖에서 말했다. 아빠 말도 틀렸다. 10년 후에 나는 아빠를 원망하고 있을 것이다.

공연이고 꿈이고 다 끝났다. 엄마가 떠난 후 아빠는 더 단단히 벽을 쌓았고, 나는 그 벽을 뚫을 자신이 없다. 다윗과 골리앗의 싸움. 체급이 다른 이 싸움의 패자는 나인 게 뻔했다. 싸움이 길어질수록 내 상처만 커질 뿐이다.

거실 바닥을 끄는 아빠의 슬리퍼 소리가 멀어져갔다. 그리고 아무 소리도 들리지 않았다. 내가 할 수 있는 건 없었다. 불안한 침묵 속에서 분노를 삭이는 것 외에는.

고요한 공간에 시계 분침 돌아가는 소리가 들렸다. 시계에서 이런 소리가 났었나. 그동안 알지 못한 리드미컬한 소리를 들으며 시계를 물끄러미 바라보았다. 바깥세상 어딘가에서 아이들이 와자하게 떠드는 소리가 들렸다. 차들이 내는 소음과 어느 집 세탁기 돌아가는 소리도 들렸다. 나는 숨을 죽인 채 세상의 소리에 귀를 기울였다. 어우러질 것 같지 않은 소음이지만 조화를 이루고 있었다. 세상은 악기고 모든 소리는 다 음악이 될 수 있다는 말이 머리가 아니라 가슴으로 이해되었다.

시계를 보았다. 약속 시간은 이미 지났다. 이젠 돌이킬 수 없을 만큼 너무 늦어버렸다.

방문 열리는 소리가 들렸다. 이불 속에서도 보였다. 굳은 표정으로 다가오는 아빠의 모습.

"아빠한테 반항하려는 건 아닐 테고, 음악으로 진로를 바꾸기라도 하겠다는 거야?"

모든 게 진로와 직업을 향해 있어야 한다는 이치에 회의가 들었다. 하지만 나는 아무 말도 하지 않았다.

"지금까지 잘 해왔잖아. 왜 중요한 시기에 방황하는지 모르겠다. 해민이 감당하는 것도 힘든데 너마저 이러면……."

"방황하는 게 아니야."

나는 이불을 젖히고 일어나 앉았다. 머릿속에서는 수많은 낱말들이 회오리쳤지만, 입이 떨어지지 않았다. 아빠도 말없이 나를 보기만 했다. 견디기 힘든 시간이 흐르고 있었다.

"예전엔 말이야, 인생이 내 손 안에 있는 줄 알았어. 내가 노력하면 원하는 것을 다 얻을 수 있다고 생각했던 거야. 하지만 삶이 그렇게 만만한 것이 아니더라. 만만치 않은 세상을 견딜 수 있는 법은 힘을 기르는 거야. 나약하면 삶에 휘둘리게 되니까."

음악이 거친 세상을 견디는 힘을 준다는 걸 어떻게 전달해야 할까.

"공연 끝나면 공부에만 몰입할게."

"해준아!"

아빠가 단호한 목소리로 내 이름을 불렀다. 아빠 말에 토를 달지 말라는 뜻이었다. 하지만 그러고 싶지 않았다. 이번만은 아빠가 내 말을 들어주길 바랐다. 딱 한 번만이라도 내가 간절히 원하는 게 뭔지 알아주길 바랐다.

"삶이 만만치 않다는 건 나도 알아. 하지만 아빠……."

"너희가 뭘 알겠니. 너도 해민이도 어린아이일 뿐인데."

"제발 좀! 언제까지 어린애 취급을 할 건데!"

처음이었다. 아빠에게 고함친 것도 내 감정을 말한 것도. 눌러 놓았던 감정들이 한꺼번에 폭발해버렸다. 아빠가 충격받은 표정으로 나를 보았다. 나는 아빠 눈을 피했다. 내가 나이를 먹고 어른이 되어도 아빠는 어른 골리앗이고 난 어린 다윗일 뿐이다. 아빠는 늘 외계인이고 외계인과의 대화는 무의미했다.

아빠가 말없이 방을 나갔다. 한참을 멍하니 앉아 있었다. 시간이 얼마나 흘렀을까. 고개를 돌렸을 때 침대 정면에 걸린 거울을 통해 내가 보였다. 아니, 거울 속에 있는 사람은 여행지에서 봤던 동양인 연주자였다. 음악학원 원장이었다. 햇살 할아버지였다. 맥박이 빨라졌다. 그들의 말이 귓가에 맴돌았다. 내 선택이 만들어낼 다양한 미래, 다양한 가능성 중의 단편. 앙상블 팀을 만들고, 함께 연습했던 일들, 언덕마을에서 할아버지와 나누었던 이야기들이 주마등처럼 흘러갔다. 연습 중 세은이가 중얼거렸던 혼잣말이 떠올랐다.

"공연을 무사히 마치면 나 자신을 믿게 될까?"

내가 여기서 주저앉는다면, 그래서 공연이 무산된다면 세은이는 또다시 음악과 자신을 믿지 않게 될지도 몰랐다. 친구가 앙상블 팀의 의미라고 했던 선유는? 선유의 표정에서 그늘이 옅어지고 있는데, 이제 막 햇살과의 벽을 허물려고 하는데. 아, 햇살! 단단한 자기만의 세계에서 벗어나려면 음악을 통한 소통이 유일할 터였다.

내가 시작한 일, 매듭도 내가 지어야 한다. 이제 혼자서는 시작두 끝맺음도 못 하는 독립성 약한 '시'로 있진 않을 것이다. 아빠를 원망하며 살지도 않을 것이다.

다윗과 골리앗의 싸움에서 누가 이겼더라? 다윗! 작고 어린 다윗이었다.

양날의 검, 약점. 이것을 다스릴 대안은 약점이 무엇인지 정확하게 알 때 생기는 법이다. 엄마 잃은 상처를 인정하고, 경쟁에 대한 의지박약을 역으로 다스리면 될까. 벽에 걸린 시계가 재촉하듯 나를 내려다보고 있었다. 시침과 분침이 지나쳐버린 시간. 그 속에 나만의 세계가 있다. 아빠와의 잔인한 대결을 통과해야 하지만, 내가 완성해야 할 세계였다.

선유와 한 약속 시간은 지나버렸고, 공연 시간에 맞춰 도착하는 건 불가능했다. 하지만 포기하지 않는다면 아직 기회는 있었다.

감춰두었던 비올라 활을 꺼냈다. 교토삼굴이란 고사성어가 떠올랐다. 담임이 교과서 밖의 것에 필 꽂혀 해주었던 이야기. 지혜로운 토끼는 세 개의 굴을 파기 때문에 위험으로부터 목숨을 지킬 수 있다는.

비올라를 친구들 곁에 두고 온 것이 굴 하나. 얼떨결에 들고 온 활을 감추어 둔 것이 굴 둘. 이제 하나의 굴을 마저 파야 했다. 시간은 약을 올리듯 너무 빨리 흐르고 있었다.

검정색 진바지를 찾아 갈아입었다. 활을 배의 맨살에 붙여 벨트로 조였다. 그 위에 춘추복 셔츠를 입었다. 오늘의 연주 복장이다. 잠깐 망설이다 책상 위에 메모를 남기고 방문에 귀를 기울였다. 아무 소리도 들리지 않았다. 살짝 문을 열고 밖을 살폈다. 거실은 비어있었다. 만약 아빠와 마주친다면 화장실 가는 척해야지. 화장실에서 숨죽이고 있다 틈을 봐서 빠져나가야지. 허접한 술수지만 이 방법밖에 없다. 여전히 아빠는 안방에 있는 모양이다. 이제 열린 문으로 나가는 것은 나의 몫이다.

조심스레 방문을 열었다. 닫힌 아빠 방문을 보며 살금살금 거실을 가로질렀다. 아빠가 방문을 열고 고함칠 것만 같았다. 현관에 다다랐을 때 서둘러 잠금장치를 눌렀다. 삐리리리릭. 잠금장치 풀리는 소리가 유난히 날카로웠다. 그 소리에 흠칫 놀라 얼른 밖으로 나가 몸을 숨겼다. 뭔가 이상했다. 집 안에서는 아무런

기척이 없었다. 열린 현관문 틈으로 안을 들여다보았다. 여전히 조용했다. 나는 최대한 소리가 나지 않게 문을 닫았다. 이렇게 집을 빠져 나가는 것이 쉽다니! 예상치 못한 상황이 되자 아빠를 속이는 마음이 오히려 불편했다.

엘리베이터는 지하에서 멈춰 있었다. 기다릴 여유가 없었다. 계단으로 뛰어 내려갔다. 마음은 급한데 계단은 끝날 것 같지 않았다. 발바닥이 얼얼했다.

2층 계단 앞에서 잠시 숨을 골랐다. 1층을 살폈지만, 엘리베이터 앞은 비어있었다. 살금살금 계단을 내려갔다.

뒤에서 누군가 내려오는 소리가 들렸다. 2층에 사는 꼬마 여자아이였다. 꼬마는 내 맨발을 보더니 잔뜩 겁먹은 얼굴로 멈춰 섰다. '엄마!' 꼬마가 비명을 지르며 뛰어 올라갔다. 남은 계단을 급히 내려갔다. 마지막 계단을 디딜 때, 오른발에 뭔가가 밟혔다. 바닥을 내려다보았다. 운동화였다. 내 운동화. 그 옆에 핸드폰도 놓여 있었다.

"아빠……!"

엘리베이터가 16층을 지나 17층에 멈춰 섰다. 눈물이 핑 돌았다. 발바닥을 털고 신발을 신었다. 오른쪽 발끝에 딱딱한 것이 느껴졌다. 신발을 뒤집어 털었다. 뭔가가 바닥으로 떨어졌다. 아빠의 신용 카드였다. 그제야 지갑을 챙기지 않은 게 생각났다.

굴을 세 개 만든 영리한 토끼가 되려면 아직 멀었다. 아빠가 마지막 굴을 파주지 않았다면 내 발과 마음은 한여름에 꽁꽁 얼어버렸을 것이다. 그러고 보니 아빠를 속인 것이 아니라 아빠가 속아준 거였다. 내 그림자는 해민이가 아니라 내가 밟고 있었다. 꼼짝하지 않고 선 내 발밑에 내 그림자가 있었다.

해지개터 약속 장소에 도착하니 할아버지 혼자 벤치에 앉아 계셨다. 처음에는 양복 차림이라 알아보지 못했다. 통이 넓고 어깨가 두툼하게 솟아 있어 유행이 한참 지나 보였지만, 제법 근사했다. 할아버지는 나를 발견하고 반갑게 손을 흔드셨다. 그러고는 어딘가로 전화를 걸었다.

"할아버지, 애들은요?"

"구경하러 갔다. 지금 전화했으니 오고 있을 게다."

이 상황에 구경이라니. 어이가 없었다. 내 표정을 읽었는지 할아버지가 말을 덧붙였다.

"너한테 연락도 안 되고 공연 무산되나 싶어 모두 맥이 빠져 있더라. 네가 출발했단 전화 받고도 공연하기 글렀다며 넋 놓고 있기에 내가 보냈다. 넌 괜찮은 거냐?"

나는 할아버지 질문에 뭐라고 대답해야 할지 몰라 그냥 웃어 보였다.

시간을 확인했다. 공연 예정이었던 6시에서 10분이 지나고 있었다. 갑자기 뭐부터 해야 할지 몰라 허둥거렸다.

"할아버지, 올라 어디 있어요?"

"올라? 그게 누구냐?"

"아, 제 비올라요."

할아버지가 허허 웃으며 바닥에 놓인 상자를 열었다. 상자 안에 바이올린과 첼로 그리고 내, 아니 동생의 비올라가 있었다. 악기를 보니 반가웠다. 나는 비올라 케이스를 열고 악기를 이리저리 살펴보았다. 햇살이 정성스레 보관하고 있었다는 할아버지 말에 마음이 찡했다. 저 멀리서 나를 부르는 아이들의 목소리가 들렸다.

"너희들 단체로 지각이다!"

내가 의뭉스럽게 말했다. 세은이가 잔소리를 퍼부을 줄 알았는데 안도하는 표정으로 나를 보고 있었다. 그러다 과장되게 목소리를 높였다.

"너, 해지개터 전망대 가봤어? 완전 대박! 바닥이 유리로 되어 있는데, 낭떠러지가 훤히 보이는 거 있지. 공포 영화보다 더 오싹했다니까. 한여름 더위 싹 가셨다, 야."

세은이는 선유와 햇살 표정을 흉내 내며 웃어댔다. 무서워서 제대로 걷지도 못했다면서. 이제는 안다. 미안해하는 내게 괜찮다는 말을 이런 식으로 표현한다는 걸. 나는 울컥 올라오는 감정을 감추느라 괜히 악기를 들었다 놨다 했다. 선유가 뚱하게 물었다.

"우리 연주할 수 있는 거야?"

"당연하지. 난 음악학원 갔다 관리실 가야 하니까 악기 저기 옮겨 놓고 튜닝하고 있어."

나는 음악학원으로 달려가며 소리쳤다.

해지개터 구석구석에는 아빠와의 추억이 새겨져 있다. 세은 이가 호들갑 떨며 말했던 전망대에도 아빠가 나를 안고 유리 바닥을 건넜던 아슬아슬한 기억이 사진처럼 박혀 있다. 나는 쓴웃음을 삼키며 하늘을 올려다보았다. 늦여름 바람이 흰 구름을 한쪽으로 몰아가고 있었다. 야외에서 연주하기 딱 좋은 기분 좋은 바람이었다.

리허설을 시작하려던 참이었다. 선유가 자꾸만 인상을 썼다. 뭔가 좀 심각해 보였다.

"공선유! 왜 그래?"

선유가 머뭇거리더니 왼쪽 손가락을 내밀었다. 아, 이런. 손가락 끝이 갈라져 피가 맺혀 있었다.

"연습을 너무 심하게 했나 봐. 괜찮아, 참을 수 있어."

곰 같은 녀석! 나는 편의점을 향해 뛰었다. 아, 체육 중에서 달리기를 제일 싫어하는 난데 일주일치 운동을 한꺼번에 다 하는 느낌이다.

"엄마, 아빠한테 말씀드렸어? 오늘 공연."

선유 손가락에 밴드를 붙여 주며 내가 물었다.

"문자는 보냈는데, 아마 못 오실 거야. 주말엔 주문이 더 많거든."

선유가 상관없다는 듯 억지웃음을 지어 보였다. 나는 모래를 삼킨 것처럼 속이 따끔거렸다.

집을 나오기 전 남겨 둔 메모를 떠올렸다. 일종의 초대장이었다. 아빠가 올 거라 기대한 건 아니지만, 한 자 한 자 진심을 담아 썼다.

아빠의 기대를 저버려서 죄송해요. 하지만 내가 가야 할 길은 아빠를 사랑하는 마음과 상관없다는 것만 알아줬으면 좋겠어요.

그리고 내 곁에 가까이 와 있을 해민이에게도 메시지를 보냈다.

해민아! 내가 다시 너의 오빠로 돌아간다면 예전과 다른 오빠가 될 거야. 무관심하고 무기력한 오빠는 되지 않을 거야. 딱 한 달만이라도 너의 오빠로 돌아갈 수 있다면 얼마나 좋을까.

⑲
달이 차오르는 시간

머리에서 선이 제거되자마자 오빠에게 다가갔다. 오빠는 평
온한 얼굴로 잠든 듯 누워있었다. 오빠! 맞지? 오빠가 내게……
그거…… 진짜…… 오빠가 나한테! 나는 오빠 몸을 흔들었다. 확
신할 수 있었다. 오빠의 뇌는 깨어났고, 나를 느끼고 있었다.

"이러시면 안 돼요."

간호사가 나를 밀어냈다.

"오빠가 깨어났어요, 오빠 의식이 깨어났다고요."

"이제 중환자실로 옮겨야 해요."

간호사가 오빠를 한 번 돌아보고는 짜증스럽게 말했다.

"정말이에요. 나한테 말을 걸었는데, 그러니까…… 여덟 번째
접속 때도 이상하다 생각했는데, 그때는 착각한 줄 알았거든요,
그런데 확실해요. 이번에도 그랬어요. 나한테 예전으로 돌아가
고 싶다고, 한 달만 오빠로 살고 싶다고 했다고요."

횡설수설하는 나를 바라보던 간호사가 의사를 불렀다. 의사
는 내 말을 듣고 고개를 갸웃거렸다. 그럴 리가 없다는 반응이었

다. 하지만 내가 확실하다며 접속 중에 있었던 일을 열거하자 간호사에게 차트를 가져오라고 했다. 의사는 확인해보고 연락하겠다고 했다.

나는 그 자리에서 아빠에게 전화를 걸었다. 오빠가 깨어났다면 아빠가 접속했을 때도 말을 걸었을 것이고, 아빠도 느꼈을 것이다. 아빠는 전화를 받지 않았다.

해지개터 공연장으로 가는 길에 햇살오빠를 만났다. 단둘이 지하철을 탄 건 처음이었다. 아빠는 여전히 전화를 받지 않았다. 회의라도 하는 모양이었다. 시간이 흐를수록 내가 확신했던 것들이 희미해지고 있었다. 뇌가 깨어났다면 의사들이 이미 알아채지 않았을까…….

"병원에서공연할수있는지언제알수있어?"

"아직 답이 없네."

문득 상처투성이 바이올린을 들고 오빠 병실 앞에서 서 있던 햇살오빠의 모습이 떠올랐다. 내가 감당해야 할 일상에 급급해 잊고 있었던 사람들. 세은이 언니, 선유, 그리고 햇살오빠. 그들을 알게 된 건 오빠 덕분이었고, 외톨이였던 내게 행운이었다.

"혼자 연주하는 게 익숙하고 편해 보이던데 오빠는 왜 우리랑 합주하는 거야?"

전부터 물어보고 싶었다.

"약속을지키는게더쉬우니까."

"약속?"

"엄마는내생일전날까지는돌아온다고했어.아빠는늘나와함께할거라고했고.그런데두분다약속을지키지않았어.난같이연주하자고했던해준이와의약속을지킬거야."

햇살오빠의 조각난 정체 중 한 귀퉁이가 맞춰졌다. 언제나 자리를 지켜주는 아빠를 떠올리자 코끝이 찡했다.

"약속을기다리는건힘든일이야.믿었던약속일수록더."

햇살오빠는 지금 힘들게 기다리고 있다고 말하는 것 같았다. 오래전 엄마를 기다리던 그 마음으로, 우리 오빠가 약속을 지킬 수 있기를.

"그런데약속을지키지못하는사람이더힘들거야."

표정에는 아무것도 나타나지 않았다. 하지만 오빠의 눈빛이 달라 보였다. 어려운 수학 문제를 풀고 나서야 원리를 제대로 이해한 사람이랄까.

마음속에 불안한 순간을 품고 있었다. 영화 상영 전 비상시 대피로 안내 화면이 나오면 갑자기 긴장되는 것처럼. 그래서 비상대피로를 가리키는 화살표를 눈으로 따라가며 만약을 생각하는 것처럼. 하지만 오빠가 혼자 연주하겠다거나 앙상블 팀에서 빠질지도 모른다는 예감에 불안해하지 않아도 될 것 같았다. 막연한 걱정거리가 사라지자 기분이 가벼워졌다.

"햇살오빠, 오늘 우리 실력 제대로 보여주자."

내가 주먹 쥔 손을 내밀자 햇살오빠도 주먹을 쥐고 가볍게 부딪쳤다. 신호등 앞에 서면 초록불이 바로 켜지고 역에 도착하자마자 지하철이 바로 오고. 어쩐지 오늘은 샐리의 법칙이 통할 것 같았다.

공연장에 도착하니, 선유와 세은이 언니가 벌써 도착해 세팅하는 중이었다. 덕분에 공연은 예정된 시간에 순조롭게 시작되었다.

첫 번째 곡은 '달빛의 축제'이다. 쉽고 익숙한 멜로디로 관심을 집중시키려는 의도였다. 막 연주를 시작하려는데 언니가 갑자기 주저앉았다.

"왜 그래."

언니 얼굴이 창백했다. 이마와 콧잔등에 식은땀이 맺혀 있었다.

"토할 것 같아."

이런! 여기서 토하면 큰일이다.

나는 악기를 내려놓고 언니를 부축해 화장실로 데려갔다. 언니가 불편해하는 바람에 밖에서 기다렸다. 초조하고 불안했다. 언니가 빠지면 안 되는데. 언니뿐 아니라 한 사람이라도 없으면 제대로 된 연주는 불가능했다. 기다리는 시간 동안 십 년은 늙어버린 것 같았다. 언니가 화장실에서 나왔다. 다행히 얼굴색이 조금 나아 보였다.

"괜찮아?"

언니가 고개를 끄덕였다.

"새삼스럽게 긴장하고 그래?"

"지난번 공연 때도 그랬었는데……. 무대 공포증이 아직 사라진 게 아닌가 봐."

그러면서도 여기까지 오다니. 가슴 한쪽이 찡했다. 나는 언니가 마음을 다스릴 때까지 기다려 주었다.

"나, 구립 오케스트라 오디션에 합격했어."

순간, 오만가지 생각이 스쳐 아무 대꾸도 못 했다.

"앙상블 하는 대신 오케스트라 오디션 보기로 엄마와 약속했었거든. 입시에 도움이 되니까. 그런데 약속 때문이 아니라 내가 하고 싶어졌어."

화살이 심장 한가운데를 관통하고 지나갔다. 햇살오빠에 대한 불안감이 겨우 해소됐는데, 샐리의 법칙은 무슨!

"파트는?"

"첼로. 언제부턴가 첼로 소리가 좋아졌어. 고고하면서도 진지하고 깊이 있고. 사람으로 치면 아픔을 함께 극복한 친구랄까. 첼로 소리를 들으면 마음이 안정되는 것 같아."

"축하해. 이제 언니 얼굴 보기 힘들어진 건가?"

"어? 왜?"

"오케스트라 한다며? 그럼 우리 앙상블 팀은……."

"얘가 내 말을 뭐로 들은 거야. 앙상블 하는 조건이라니까. 너 그동안 나 내쫓고 싶었구나."

"헤헷, 들켰네."

자꾸만 피실피실 웃음이 새어 나왔다. 멀쩡한 샐리의 법칙을 머피의 법칙이라 착각할 뻔했다.

"여기서 뭐 하고 있어? 공연 안 해?"

선유가 달려오며 소리쳤다. 맞다, 공연! 우리는 공연장을 향해 뛰었다. 돌아보니 언니가 잔뜩 굳은 표정으로 도살장에 끌려가 듯 따라오고 있었다.

"엄살 부리지 마! 언니는 무대 공포증 있을 때 제일 잘한다던데, 뭐."

"누가 그래?"

용기 주고 싶어서 그냥 한 말인데 캐묻긴. 기억공유 중 알게 되었다고 둘러대자 언니가 나한테 바짝 다가왔다.

"전부터 묻고 싶었는데……, 오빠 기억 속에 나는 어떤 사람이야? 그러니까 오빠가 나를……."

"어떻게 생각하냐고?"

"어? 응……."

언니가 눈을 동그랗게 뜨고는 고개를 끄덕였다. 귀까지 빨개 져서는 아까보다 더 긴장한 표정이었다. 오빠의 기억에만 집중하느라 언니 마음을 놓치고 있었다. 나는 절절한 눈으로 바라보는 언니를 놀리고 싶어졌다.

"지난번 기억공유 할 때 오빠가 나한테 고백한 건데. 아, 이런 건 오빠가 직접 말해야 하는데."

"오빠와 대화도 할 수 있어?"

"당연하지. 생각을 교류하는 거니까."

내가 앞서 걷자 언니가 나와 속도를 맞추느라 헉헉거렸다.

"오빠가 그러는데, 언니를 어떻게 생각하는지……."

"어, 뭐래?"

언니는 조바심이 나는지 입술을 잘근거렸다.

"맨입으로 말해주지 말래."

"뭐? 너 까불래?"

나는 웃음을 터뜨리고는 휙 달아났다. 언니가 악을 쓰며 따라왔다. 그나저나 오빠는 언니 마음을 아는 걸까 모르는 걸까.

악기 소리를 듣고 삼삼오오 모여들었다. 설렘과 긴장과 뭐라 말할 수 없는 묘한 기분이 들었다. 서로 눈빛이 마주쳤다. 모두 나처럼 오빠를 생각하고 있을까. 어떤 순간보다 오빠의 부활이 간절했다. 언니가 고개를 끄덕이는 것으로 신호를 보냈다.

'달빛의 축제'가 클라이맥스를 향해가던 중이었다.

이슬 위에 사뿐히 내려앉은 달~빛의 목소리에 귀를 기울여
향기로운 달빛이 숲에 내려앉으면 마법의 힘이 되살아나
서두르지 마요.
언젠가 때가 되면 달이 차오를 테니까.
멀리서 그대가 찾아오면 함께 숲을 걸어요.
달빛 쏟아지는 숲을.

머릿속에서 노랫말이 흐르고 있었다.

다음 마디로 넘어가기 전 선유가 갑자기 산만해졌다. 누군가 무대를 향해 손을 흔들어 보였다. 선유가 넋 나간 표정으로 두 사람을 바라보았다. 손가락이 엉뚱한 줄을 누르는 것도 모른 채 웃음을 참느라 코를 벌렁거렸다. 선유처럼 키가 크고 마른 체형의 남자가 선유와 눈을 맞추며 꽃다발을 들어 보였다. 그 옆에 있는, 엄마로 보이는 분은 눈물 훔치고 있었다.

시간이 멈춘 것 같았다. 아득히 먼 곳에서부터 엄마가 다가오고 있었다. 엄마는 아빠와 나란히 서서 바라보고 있었다. 연주하고 있는 오빠와 나를. 오빠가 상상했을 그 장면을 머릿속으로 그리자 설렘과 동시에 울적해졌다.

어떤 꼬맹이가 연주에 맞춰 노래를 부르기 시작했다. 그 소리에 정신이 들었다. 다시 마음을 가다듬고 연주에 몰입했다. 첫 번째 곡은 성공적으로 끝났다.

"이런 기분 처음이야."

두 번째 곡인 'The poet in my heart.' 연주가 끝난 후 선유가 말했다. 벅찬 감정을 추스르지 못하는 표정이었다.

"아직 끝나지 않았어. 다음 곡 준비해야지."

햇살오빠 말에 우리는 다시 침착해졌다. 지난번 공연 때도 연주했다는 쇼팽의 녹턴 9번이었다.

연주하는 동안 누군가는 자리를 떠났고 몇 사람이 다시 자리를 채웠다. 뒤에서 기웃거리다 카메라를 들이대고 동영상을 찍는 사람도 있었다.

툭. 연주 중 비올라 줄이 끊어졌다. 관객 자리 어디선가 숨넘어가는 소리가 들렸다. 당황스러웠다. 사람들의 눈이 비올라에 쏠렸다. 아, 이런 예상치 못한 일이었다.

"멈추지 마."

언니가 낮게 소리쳤다. 나는 세 개의 줄로 연주를 계속했다. 줄 하나가 끊어졌다고 연주할 수 없는 건 아니었다. 춤추는 활을 보며 나는 피카르디 3도를 생각했다. 슬픈 단조를 행복한 장조로 바꾸다니. 삶에 대입하면 그건 간절함이 불러온 기적이다. 내 연주는 기도다. 오빠에게 기적이 일어나길 바라는 기도. 현재의 나는 끊어진 현으로 연주하는 것처럼 불완전하다. 하지만 내 기도는 우리 가족의 세계를 단조에서 장조로 바꿀 것이다. 쇼팽의 녹턴 9번처럼.

"언니와 오빠, 그리고 선유가 함께하지 않았다면 여기까지 오지 못했을 거야."

녹턴 연주 후 내가 말했다.

"나도 그래."

선유가 하회탈처럼 활짝 웃었다. 햇살오빠는 고개를 한 번 끄덕이는 것으로 대답을 대신했다. 오늘 오빠의 연주는 어느 때보다 우리 소리와 잘 어우러졌다. 한마디 할 줄 알았던 언니는 아무 말이 없었다. 진땀 흘리는 것을 보니 묵묵히 무대 공포증을 견디고 있는 것 같았다.

다음 곡은 '신이 잠든 사이에'이다. 우리 모두 잔뜩 긴장한 얼굴로 서로를 보았다. 선유의 떨리는 숨결이 나한테까지 전해졌고, 세은이 언니는 여전히 굳은 표정이었다. 햇살오빠도 땀이 차는지 자꾸 바지에 손을 문질렀다. 이 어려운 곡을 잘 해낼 수 있을까.

"해준이가 가장 좋아하는 곡이야. 병원에서 기회를 준다면 꼭 연주하고 싶어."

언니가 우겨서 선택된 곡이지만, 연습과 기량이 턱없이 부족했다. 폭탄을 안고 적진을 향해 뛰어드는 것만큼이나 위험한 선택이었다. 망치면 망신밖에 더 당하겠냐며 선유가 언니 편을 들어주지 않았다면 결코 무대에 올리지 않았을 거다.

시작은 좋았다. 간결하게 흐르는 서주 부분은 어려운 게 없으니까. 곧 햇살오빠의 바이올린 독주로 제 1주제가 연주되었다. 바이올린에서 들리는 풍부한 울림이 심장 깊숙이 파고들었다. 힘과 부드러움이 조화를 이루며 뱃사람들의 세계로 이끌었다. 잠든 아기를 쓰다듬듯 조심스러운 선율이 흐르다 클라이맥스로 넘어갈 무렵 다른 악기가 합류했다. 한 소절도 끝나기 전에 나와 선유가 번갈아 박자를 놓쳤다.

그때부터였다. 세컨드 바이올린, 비올라, 첼로가 햇살오빠의 연주를 뒷받침해주어야 하는데 박자가 엉키면서 리듬까지 꼬이기 시작했다. 연주는 도랑에서 허우적거리다, 허공으로 튀어 오르다, 낭떠러지에 매달리다 난리도 아니었다. 사람들이 킥킥거리다 인상을 쓰며 자리에서 일어났다. 관객석을 지키는 사람은 선유네 부모님뿐이었다. 두 분은 안타까운 눈으로 멀어지는 사람들과 우리를 번갈아 보았다.

등에서 식은땀이 흘렀다. 뱃사람들이 무덤에서 벌떡 일어나 호통칠 것만 같았다. 그래도 포기할 수 없었다. 우리는 서로 의지하며 끝까지 날갯짓했다. 후반으로 가면서 겨우 박자와 리듬이 제자리를 찾았다. 햇살오빠가 중심을 잡아 준 덕분이었다. 하지만 망신살을 피해갈 수는 없었다. 집요하게 일궈낸 햇살오빠의 기교도 엉망진창 배경음에 묻혀 버렸다. 연주 후 우리는 기진맥진해졌다.

"아! 망했다."

선유가 고개를 푹 숙였다. 언니가 뒤돌아서 눈물 닦는 모습이 보였다. 당황스러웠다. 언니는 이 공연에, 이 곡에 나보다 더 큰 의미를 갖고 있었던 걸까. 그래서 그만큼 실망스러운 걸까.

"괜찮아. 망치긴 했어도 끝까지 한 게 어딘데."

내가 언니를 다독였다.

"그게 아니거든. 처음이야, 연주하면서 감동 받은 건."

엉망인 연주에 감동 받았다니……. 언니의 감정은 어디로 튈지 예상할 수가 없다.

어쩌면 사람의 마음을 움직이는 건 연주의 완성에 있는 게 아닐지도 모른다. 불협화음으로 음이 틀리고 박자를 놓쳐도 진심을 담아 연주하면 감동을 줄 수 있지 않을까. 그런 의미에서라면, 우린 망한 것도 실패한 것도 아니다. 그렇게 생각하니 말장난 같은 머피의 법칙에도 샐리의 법칙에도 휘둘릴 필요가 없었다.

언니가 두 명의 관객을 향해 말했다.

"이 곡은 고대 뱃사람들의 춤곡에서 유래한 '신이 잠든 사이에'라는 음악인데요, 아슬아슬했지만 개성 넘친 연주였죠?"

언니의 넉살에 우리는 풋 웃었다. 그 바람에 긴장이 풀어졌다. 선유네 엄마, 아빠가 파이팅을 외쳤다.

"다음 곡을 소개하겠습니다."

나는 목소리를 가다듬었다.

"마지막 연주곡은 요한슈트라우스 1세의 대표작입니다. 주로 피날레를 장식할 때 많이 연주되는데, 마무리보다 출발에 어울리는 곡입니다."

"제목 말 안 했어."

언니가 속삭였다.

"아, 맞다. 제목은 라데츠키 행진곡입니다."

연주가 시작되자 사람들이 하나둘 다시 모여들었다. 모인 사람들이 박자에 맞춰 손뼉을 쳤다. 한쪽 날개로 시작된 연주가 기우뚱거리다 창공으로 날아올랐다. 박수 소리는 점점 커졌다. 그 소리가 타악기 역할을 하며 연주에 활기를 넣어 주었다.

버스킹 공연 후 멤버들을 위해 할아버지가 저녁을 준비해 주셨다. 나는 언니와 선유를 먼저 보내고 뒷정리를 핑계로 햇살오빠네 집에 남았다. 설거지를 끝낸 후 할아버지를 모시고 마당으로 나왔다.

"앉아라."

할아버지가 작은 마루를 가리키며 말했다. 겨우 두 사람이 앉을만한 크기라 내 어깨와 할아버지 어깨가 자꾸 부딪혔다. 낯설고 불편하긴 했지만, 왠지 싫지 않았다. 나와 할아버지는 고 작은 마루에 말없이 앉아 있었다. 훤히 열린 하늘 위로 구름 떼가 지나갔다. 풀잎 향이 바람에 실려 날아왔다. 코끝에 닿는 향기가 기분 좋았다.

"예전에는 여기가 낮은 산이었나 봐요."

할아버지가 고개를 끄덕였다. 산을 깎아 터를 만들고 그 위에 집을 짓기까지 얼마나 많은 시간이, 얼마나 많은 사람의 손길이 닿았을까 생각하니 삶의 모든 게 대단하게 느껴졌다.

"오빠는 차도가 좀 있는 게냐?"

"아직 그대로예요."

"음악 하는 게 쉽지 않아 보였는데. 너희들과 같이 연주하면 얼마나 좋아할까."

할아버지가 착잡한 표정으로 생각에 잠겼다.

방안에서 바이올린 소리가 들렸다. 연주 중 망쳤던 '신이 잠든 사이에'였다.

"가끔 음악이 마술 같다는 느낌이 든단다. 음표 하나하나가 아름다운 음악이 된다니!"

할아버지 말을 듣고 보니 정말 신기했다. 문자는 언어를 눈에 보이는 기호로 표현한 것이지만, 연주는 눈에 보이는 악보를 소리로 만들어내는 거다. 서로 다른 개성을 가진 악기의 소리. 그것이 모여서 아름다운 음악이 된다니…….

"음악으로 마술 부리는 일, 쉽지 않더라고요."

"어려운 일이지. 하지만 그 어려운 게 인간의 마음속에 있단다. 삼신할머니가 아기를 점지해 줄 때 음악의 씨앗을 심어 놓지 않았나 싶구나."

"글도, 말도 잘못 전달하면 사람에게 상처를 줄 수 있잖아요. 오해를 불러올 수도 있고. 하지만 음악으로 소통할 때는 상처도 오해도 없어요. 그게 진짜 마술 아닐까요."

말을 하고 보니, 음악의 마술로는 어떤 외계인과도 진심을 나눌 수 있을 거란 생각이 들었다.

"우리의, 아니 나의 문제가 뭔지 얼마 전에야 깨달았어요."

할아버지가 고개를 돌리고 무슨 말이냐 물었다.

"먼저 햇살오빠에 관해 이야기할게요. 햇살오빠가 우리와 연주할 때 뭔가 달랐거든요. 혼자서 연주할 때와는 미묘하게 느낌이 달랐다고요."

"계속해 봐라."

"혼자 연주할 때 햇살오빠는 작곡한 사람과 마음을 나누었어요. 그런데, 우리와 연주할 때는 그게 안 됐던 거예요. 마치 내가나 혼자만의 세계에 빠져 세상을 본 것과 같았죠. 하지만, 공연하는 동안 햇살오빠는 우리와 호흡을 맞추려고 했어요. 뒤엉킨 연주에 어떻게든 맞추려고 노력하는 게 느껴졌죠."

할아버지가 고개를 끄덕였다. 표정에는 여러 감정이 섞여 있었다.

나는 먼 곳으로 시선을 두고는 생각에 잠겼다. 누군가는 인간관계에서 가장 높은 산을 넘는 것이 이해라고 했다. 산을 넘을 때처럼 타인을 이해하는 과정이 쉽지 않다는 뜻일 것이다. 어쩌면 그 과정에서 상처 입고 고통스러워할지도 모른다. 형을 이해하고 아빠를 이해하는 과정처럼. 하지만 그러는 사이 나와 나를 둘러싼 세상을 조금은 받아들일 수 있을 것 같았다.

"너의 문제에 대해 무엇을 깨달았는지도 궁금하구나."

"믿지 않으실지 모르지만, 기억공유를 하던 중에 오빠가 말했어요. 자신을 탓하는 건 서로를 탓을 하는 것만큼이나 상처가 된다고. 그 말이 내 문제를 푸는 열쇠였어요."

할아버지는 가만히 고개를 끄덕였다.

"스스로에 대한 믿음이 생기려면 달이 차오르는 만큼의 시간이 필요하지."

달이 차오르는 시간이라……. 나는 '달빛의 축제' 노랫말을 떠올리며 달을 바라보았다. 도시의 불빛은 별을 다 덮어버릴 정도로 휘황찬란했다. 하지만 잘린 손톱만큼 남은 달은 여전히 흐릿하게나마 빛을 발하고 있었다. 달의 영역이 다 차오르려면 나의 시간이 얼마나 필요할까. 그때가 되면 나와 세상에 품은 의문이 해소될까. 달이 또다시 잘린 손톱만큼 작아지듯, 시시포스가 매일 바위를 밀어 올리듯, 여전히 방황하고 흔들릴지도 모른다. 그렇다면 삶의 의미는 달이 차오르는 과정 그 자체가 아닐까.

내가 마당 한가운데 서서 생각에 잠겨 있는 사이 할아버지가 방으로 들어갔다. 잠시 후 피아노에서는 예상치 못한 연주가 흘러나왔다. 팝송과 가요와 트로트였다. 할아버지의 피아노 소리가 열린 방문을 통해 쏟아지고 있었다. 햇살오빠가 바이올린과 내 비올라를 들고 마당으로 나왔다. 우리는 달빛 조각을 조명 삼아 연주를 했다. 두 사람을 따라갈 수 있는 실력이 아니었지만 그런 건 아무 상관 없었다.

할아버지가 새로운 곡을 연주했다. 햇살오빠가 첫 소절을 듣고는 어깨에 바이올린을 올렸다.

"들어봐! 우리 엄마가 가장 좋아하는 곡이야."

피아노와 어우러진 바이올린 선율이 언덕마을에 낭낭히 울려 퍼졌다. 햇살오빠는 고난도의 리듬을 매끄럽게 소화해 내며 때론 우아하게, 때론 감미롭게, 때론 슬프게 연주했다. 낮은 음으로 살짝 내려앉는 부분에서는 심장이 녹아버릴 것 같았다. 할아버지는 그렇다 쳐도 햇살오빠는 감정을 어떻게 저렇게 섬세하게 표현할 수 있는지 감탄스러웠다. 마치 아지랑이를 손끝으로 한 올 한 올 매만지는 것 같았다. 할아버지와 햇살오빠. 두 사람은 보이지 않는 음악으로 대화를 하고 있었다. 악기에서 품어 나오는 소리만으로 서로의 신뢰감이 얼마나 깊고 끈끈한지 느낄 수 있었다.

나는 아름답고 황홀한 음악에 취해 정신을 차릴 수가 없었다. 신이 인간에게 자연을 선물했다면, 인간은 음악을 창조해 스스로에게 선물한 것이다. 처음으로 삶이 달콤하게 느껴졌다.

20

- 마지막 접속 -

리셋

기억공유 프로그램은 끝났다. 의료진은 나와 아빠의 접속 기록과 뇌파를 분석해 오빠에게 자살의 의도가 없다는 소견서를 경찰에 제출했다. 내가 찾아낸 악기상 주인의 녹취록과 오빠가 비올라를 구매한 내역도 추가했다. 예상대로였다. 오빠는 비올라를 사기 위해 1년 넘게 용돈을 모으고 있었고, 아빠의 허락을 받은 즉시 악기를 사기 위해 달려갔다. 비올라를 손에 넣고 한껏 들뜬 마음이었을 텐데, 연주도 한 번 못 하고 사고를 당했다는 생각이 들자 가슴이 쓰렸다.

사고의 진실은 밝혀졌지만, 아빠와 나도, 의료진도 아직 확인할 게 남아 있었다. 아빠는 오빠의 기억에 접속했을 때 소통한 느낌은 없었다고 했다. 의사들도 오빠의 의식이 깨어난 건 아니라고 말했다. 그러면서도 뭔가 놓친 게 있을지 모르니 한 번 더 접속해 보자고 제안했다. 나는 일부러 뜸을 들였다. 이제 곧 시험 기간이라며 난감한 표정을 지어 보였다. 아빠가 대신하겠다고 나섰지만, 의사는 고개를 흔들었다.

"반응을 감지한 접속자는 해민이 학생이었으니까요."

의사는 안달 난 표정이었다. 뇌 의학계를 떠들썩하게 할 뭔가를 기대하는 눈치였다. 어떤 신기술이든 무한한 가능성이 열려 있으며, 그런 의미에서 기억공유시스템이 환자의 기억을 전달하는 것에 그치지 않고 소통의 도구로 확장될 가능성이 있다고 했다.

"너도 알겠지만, 에디슨의 축음기는 음악을 듣기 위한 기계가 아니었다. 시각 장애인에게 들려줄 책을 녹음하고 죽기 전 유언을 남기기 위해 만들어진 것이지. 축음기의 기능이 재발견되면서 음악을 듣는 기계로도 활용된 거야. 라디오도 마찬가지란다. 처음에는 해군이 여러 함정에 같은 신호를 보내기 위해 만들어진 기술이었어. 뉴스를 전달하거나 오락 도구로 쓰려는 의도로 발명한 게 아닌 거지."

의사는 발명의 역사까지 읊으며 진땀을 빼고 있었다. 지금이 협상하기 딱 좋은 타이밍이다.

나는 병원 로비 공연을 허락해 달라고 했다. 대신 다른 환자들도 좋아하고 즐거워할 수 있도록 제대로 준비하겠다고 했다. 의사는 떨떠름한 얼굴로 최대한 노력해보겠다고 했다.

사흘 후 의사에게 전화가 왔다. 공연 허락을 받았다고 했다.

마지막 접속을 준비하는데 의사들과 레지던트들이 몰려왔다.

나와 오빠의 뇌파를 더 자세히 측정하기 위한 각종 도구와 기계들도 동원되었다.

접속 시작 전 아빠가 나의 손을 잡아 주었다. 아빠 손의 온기가 마음 한구석에 남아 있던 날 선 감정을 무뎌지게 만들었다. 그 순간 깨달았다. 감정은 지나가는 거란 걸. 사랑도, 아픔도, 미움도, 원망도, 그리고 죽을 것 같은 순간도. 지나고 보면 나를 짓눌렀던 무게감이 우스울 정도로 가볍게 느껴지는 게 감정이라는 걸.

수많은 시간, 세상을 헤맨 이유를 확실하게 깨달았다. 나는 나를 찾고 있었다. 아이러니하게도 내게 향하는 길은 오빠의 기억 안에 있었다. 기억공유가 아니었다면, 여전히 어두운 방에서 잠든 채 빌딩 숲을 어슬렁거리는 외계인을 대면하고 있을 것이다. 나와 타인과의 세계는 독립된 것이 아니었다. 뫼비우스의 띠처럼 서로 연결되어 있었다.

"오빠와 대화할 수 있다면……, 아빠 말도 전해주거라……. 내 아들로 태어나준 것만으로도 아빠는 충분히 행복했다고."

아빠 말에 코끝이 찡해졌다. 그 말은 내게도 하는 말이라는 걸 이제는 안다.

"오빠 퇴원하면 근사한 곳에서 저녁 먹자!"

몇 년 동안 우리 가족은 밥은커녕 한자리에 앉은 적도 없었다. 아빠는 일 때문에, 오빠는 공부하느라, 나는 밖으로 도느라. 아빠 말을 듣고 나니 같이 밥 먹는 소소한 일상을 누리고 싶어졌다. 너무나 간절히.

사랑의 방식에 옳고 그름의 잣대를 댈 수 있을까. 아빠는 아빠 방식대로 우리를 사랑하고 있었다. 이젠 알아요. 아빠가 얼마나 최선을 다했는지. 저도…… 아빠 사랑해요. 나는 그렇게 대답하고 싶었다. 하지만 오글거려 말이 나오지 않았다. 그래서 아빠도 밥 먹자는 말로 사랑한다는 표현을 대신한 거겠지. 진심은 농도가 진할수록 표현하기 힘든 법인가보다. 언젠가는 아빠도 나도 용기 내서 말할 수 있겠지. 가슴 깊이 묻어둔 진짜 감정을.

지치고 슬픈 어느 날엔가 외계인이 다시 나타날지도 모른다. 잃어버린 나를 찾느라 안개 속에서 방황할 수도, 상처를 끌어안고 어두운 방 안에서 잠들지도 모른다. 하지만!

삶이 계속되는 한 게임은 끝난 게 아니다. 리셋 버튼을 누르면 새로운 생명력과 에너지를 충전해 다시 시작할 수 있다. 조율하면 원래의 소리로 돌아오는 것처럼. 한숨 푹 자고 나면 열이 내리는 것처럼.

마지막 접속은 오빠를 내 기억 속으로 초대하는 것이다. 오랜 시간 공들여 설계한 세계로. 그 세계가 삶에 의지를 주길 희망하며 오빠가 원한 순간을 하나하나 세팅했다. 오빠는 그 안에서 미래의 기억을 만들어갈 것이다. 이것이 내 최선의 선물이다.

"참가 번호 17번 다울 팀 준비해 주세요."

우리는 진행요원을 따라 대기자석으로 갔다. 세은이 언니가 청소년 클래식 음악 경연 대회라고 쓰인 플랜카드를 보며 떨리는 목소리로 말했다.

"우리가 본선까지 오다니……. 이것도 기적인 거지?"

"기적을 만드는 건 실력이야."

선유 말에 언니가 엄지손가락을 들어 보였다.

"그렇다면 나는 또 다른 기적을 만들어야겠군. 세계무대에서 첼로 연주하는 기적."

"난 뒤에서 누나 응원할게."

선유가 눈을 찡긋했다. 그러고는 햇살오빠를 보았다.

"형! 미안했어."

한쪽에서 비올라를 조율하던 해준이 오빠가 눈을 동그랗게 떴다. 친구 관계에 단단해질 때까지 운동에 전념한다더니 선유의 표현이 과감해졌다. 감정에도 근육이 붙은 모양이다.

"잘못했다는 걸 알면서 도망갈 구멍이 사라질 때까지 시치미 떼고 있다 타이밍을 놓쳐 버렸어."

선유 목소리가 떨렸다. 기회를 잃기 전에 사과한 선유의 용기가 부러웠다.

나도 지금, 용기를 내지 않으면 영영 후회할지도 모른다. 오빠를 보았다. 오빠는 여전히 지정석에 앉아 조율하고 있었다. 이제 머뭇거리지 않을 것이다. 오빠에게 다가갔다. 오빠가 고개를 들었다. 눈이 마주쳤고, 우린 서로 말없이 바라보기만 했다. 어색한 감정 때문에 첫 마디가 떨어지지 않았다.

오빠가 비올라를 내려놓고 자리에서 일어났다. 눈을 한 번 감았다 뜨고는 두 팔을 벌렸다. 온몸으로 웃는 것처럼 보였다. 그 자세로 오빠는 기다려 주었다. 내가 가까이 다가갈 때까지. 그리고 나를 안았다. 어른처럼. 나는 처음으로 내 감정을 소리 내어 말했다. 미안하다는 말 대신 고맙다는 말을. 이 사실을 깨닫기 위해 왜 그렇게 먼 길을 돌아왔을까. 왜 그렇게 수많은 상처를 주고받았을까.

관객석에서 박수 치는 소리가 들렸다. 앞 팀의 연주가 끝난 모양이었다. 언니가 첼로를 들며 말했다.

"공원에서 우리 위협당하던 날, 이상하게 주먹이 무섭지 않더라. 너희들이 같이 있어서 그랬나?"

"지킬 게 있어서 두려움을 잊은 거겠지."

"지킬 거? 아, 악기!"

"아니 친구, 그리고 우리 오빠."

내가 오빠를 보며 말했다. 우리는 서로 눈을 맞추며 웃음을 나누는 것으로 내 말에 동의했다.

진행 요원이 대기하라고 손짓했다.

"다음 순서는 참가 번호 12번 다울 팀입니다. 곡명은 '신이 잠든 사이에'인데요, 피카르디 3도의 기법으로 편곡했다는군요."

사회자의 목소리가 들렸다. 갑자기 북채로 심장을 마구 두드리는 것 같았다.

"아! 너무 긴장돼. 실수하면 어떡하지?"

선유가 말했다. 나는 마른침을 삼키고 선유 어깨를 감쌌다.

"Believe in yourself!"

나와 오빠가 동시에 말했다. 오빠가 나를 보며 한쪽 눈을 찡긋했다.

우리는 심호흡을 하고, 오빠의 첫 번째 목표를 향해 발걸음을 옮겼다. 이 순간이 오빠뿐 아니라 우리에게도 확신을 줄 것이다. 한 걸음 한 걸음 디딜 때마다 세상이란 음계에서 혼자가 아니라는 걸. 서로에 대한 믿음이 두려움을 이겨낼 힘을 준다는 것도.

"다울 팀 파이팅!"

무대에 오르자 관객석에서 할아버지 목소리가 들렸다. 고개를 들었다. 아빠가 보였다. 아빠는 제일 앞자리 중앙에 앉아 있었다. 그리고 그 옆에는 엄마가 있었다! 아프기 전의 모습으로 환하게 웃으며. 엄마가 어깨로 아빠를 살짝 밀고는 나와 오빠에게 손 하트를 날렸다.

오빠가 굳은 표정으로 호흡을 가다듬었다. 그러고는 사회자가 있는 곳으로 성큼성큼 다가갔다. 오빠가 마이크를 달라고 하자 사회자가 난색을 표하며 자리로 돌아가라고 했다. 관객석이 술렁이기 시작했다. 멤버들도 당황해서 어쩔 줄 몰라 했다. 가장 당황한 사람은 나였다. 이 장면은 설계에 없는 거였다. 오빠와 함께 무대에 올라 엄마, 아빠 앞에서 멋지게 연주하는 것, 그게 전부였는데!

사회자는 오빠와 잠시 실랑이를 벌이다 결국 오빠에게 마이크를 넘겨주었다.

"보고 싶었어요. 너무나 …… 간절히……. 감사합니다. 세상에 태어나게 해 주셔서, 두 분이 제 부모여서."

관객석에서 누군가는 울고, 누군가는 웃었다. 두 분의 눈도 촉촉해지고 있었다. 이 순간을 위해 달이 차오르는 시간이 필요했던 거였다. 그런 의미에서라면 내 인생에서 버릴 것은 하나도 없었다. 오빠가 마이크를 돌려주고 무대 중앙으로 나왔다.

팟!

무대 위로 조명이 쏟아졌다.

먼 옛날 뱃사람들이 제단 앞에서 기도하듯 떨리는 마음으로 한쪽 날개를 폈다. 오빠의 진짜 세계와 이어준 '신이 잠든 사이에' 곡이 흐르는 동안 우리는 서로의 날개에 의지해 창공을 날아올랐다.

이제야 비로소 될 수 있을 것 같았다. 내 삶의 '도'가!

저 자 와
협의하여
인지 생략

〈나답게 청소년 소설〉

달이 차오르는 시간

지은이 | 이금주
펴낸이 | 一庚 張少任
펴낸곳 | 답게
초판 인쇄 | 2022년 11월 20일
초판 발행 | 2022년 11월 25일
등 록 | 1990년 2월 28일, 제 21-140호
주 소 | 04975 서울특별시 광진구 천호대로 698 진달래빌딩 502호
전 화 | (편집) 02)469-0464, 02)462-0464
        (영업) 02)463-0464, 02)498-0464
팩 스 | 02) 498-0463
홈페이지 | www.dapgae.co.kr
e-mail | dapgae@gmail.com, dapgae@korea.com
ISBN 978-89-7574-354-2
ⓒ 2022, 이금주

나답게·우리답게·책답게